Alles betonieren, grün anstreichen

Dieses Buch ist allen Hobbygärtnern dieser Welt gewidmet

(in der Hoffnung, es möge wenigstens einer von ihnen dem
Autor beim Unkrautjäten helfen).

Torsten Buchheit

Alles betonieren, grün anstreichen
Heiteres Gartenlexikon

4. Auflage

Books on Demand GmbH, Norderstedt

Bibliografische Information der Deutschen Nationalbibliothek
Die Deutsche Nationalbibliothek verzeichnet diese Publikation in der Deutschen Nationalbibliografie; detaillierte bibliografische Daten sind im Internet über http://dnb.d-nb.de abrufbar.

© 2017 Torsten Buchheit
www.NIMMSmitHUMOR.de

Layout und Satz: Torsten Buchheit
Cover: Matthias Gerschwitz, http://www.gerschwitz.com

Herstellung und Verlag: BoD-Books on Demand, Norderstedt
ISBN 978-3-7448-7495-3

Aasgeier
Zu den →Vögeln gehörend, richtet im →Garten aber keinen Schaden an. Fällt bei →Gartenpartys den hungernden Gästen unangenehm auf. Steht im Verdacht, im Fluge Steaks vom →Gartengrill zu rauben. Sollten Sie bei der Begegnung Ihres Kopfes mit dem →Rechen kurzzeitig das Bewusstsein verlieren, sind schnell ein paar dieser hilfsbereiten Vögel da, um sich um Sie zu kümmern.

Akkumäher
Sonderform des →Rasenmähers. Wird mit elektrischem Strom angetrieben, hat aber kein Kabel zum Drübermähen. Faustformel: Für eine Stunde Mähzeit muss der Akku eine Woche an der Steckdose aufgeladen werden. Werbespruch: »Schwer und leer«

Algen

Kleine, matschige Pflanzen, gedeihen überall dort, wo auch nur eine kleine Spur von Feuchtigkeit vorhanden ist: In Ihren →Regentonnen, in Ihrem →Gartenteich oder in Ihrem →Swimming-Pool. Eine Algenabart macht Ihren →Gartenweg und Ihre →Terrasse abartig rutschig. Wächst so ziemlich auf allen Oberflächen, auf teuren Materialien aber lieber als auf billigen. Eine Behandlung mit →Gift war im letzten Jahr leider erfolglos geblieben. Beliebte Farben: Stumpfes Grün (sogenannte Grünalgen), stumpfes Rot (sogenannte Rotalgen) oder stumpfes Braun (sogenannte Braunalgen).

Ameisen

Widerliche, kleine, beißende, →Gift verspritzende Tiere, die Sie mit ihrem penetranten Fleiß ständig an noch nicht erledigte →Gartenarbeit erinnern. Weniger gern gesehene Gäste auf der →Gartenparty, wo sie sich über die dort angebotenen Genüsse (und Gäste) hermachen. Durch ihre unterminierende Tätigkeit an →Gartenwegen und →Terrassen zu den →Gartenschädlingen gerechnet. Zum Ausgleich werden sie auf →Gartenpartys im →Salat gegessen.

Amsel

Besonders eifriger →Gartenschädling, zu den →Vögeln gehörend. Stets die erste, wenn es gilt, Samen aus dem →Beet zu picken oder bei der →Ernte von →Erdbeeren, →Kirschen und →Brombeeren zu helfen.

Anhänger

Wenn beim Einkaufen im →Gartenfachmarkt die Augen größer sind als der Kofferraum, dann transportiert man das Zeug, das nicht mehr ins Auto passt, im Anhänger nach Hause. Dumm nur, dass der Anhänger gerade zuhause in der untersten Gerümpellage im →Geräteschuppen steht.

Apfel

Beliebtes →Kernobst, von angenehm säuerlichem Geschmack. Typisch für die Kultur im eigenen →Garten ist die fleckige Schale. Eiweißreich durch hohen Wurmgehalt. Ist Ausgangsmaterial für Apfelkuchen, Apfelmus und Apfelsaft, welcher zu Höherprozentigerem weiterverarbeitet werden kann. Wird im →Herbst im →Keller eingelagert, um einen zweiten Reifungsprozess durchzumachen, nach dessen Erfolgung er auf dem →Komposthaufen gelagert wird. Der frische Apfel wird gerne direkt vom Baum geerntet, wobei Ihnen nachts bei der Ernte in fremden Gärten auch mal Pfeifgeräusche die Arbeit musikalisch untermalen.

Ast

Anhangsgebilde eines →Baums. Von geringer Festigkeit, wenn er Früchte trägt, wenn Sie eine Schaukel daran befestigen oder auf ihm sitzen, dagegen von sehr hoher Festigkeit beim Versuch, ihn abzusägen. In abgesägter oder abgebrochener Form praktisch unzerstörbar: Er übersteht zehn Jahre im →Komposthaufen. Auch widersetzt er sich durch heftige Rauchentwicklung der Vernichtung auf dem →Gartengrill. Die dabei entstehenden Rauchsignale locken garantiert Feuerwehr, Katastrophenschutz und Polizei an, wobei besonders letztere Sie gerne daran erinnert, wie teuer es einen doch kommen kann, wenn man sich nicht an gewisse Vorschriften hält.

Aster

Hauptsächlich im →Herbst blühende →Blume. Sehr beliebt, weil sie Ihnen das Nahen der langersehnten Winterpause anzeigt. Daher das Gegenteil von →Primel und →Schneeglöckchen. Hat übrigens nichts mit dem →Ast zu tun.

Astschere

→Gartengerät, von der →Gartenschere abgeleitet. Dient zum Schneiden von →Ästen oder →Zweigen. Sie sollten die Astschere nur sparsam einsetzen, weil Sie sich sonst bald einem riesigen Berg abgeschnittener Äste gegenübersehen, dessen Vernichtung ja – wie Sie unlängst erfahren konnten – ziemlich teuer sein kann. Also bleibt nur die Endlagerung im →Geräteschuppen.

Aua

Sehr häufig benutzter Ausruf des →Gärtners, am ehesten wohl als eine Art Kampf- oder Triumphruf zu verstehen. Wird gerne bei der →Ernte von →Brombeeren, der Bekanntschaft mit dem Stiel des auf dem →Rasen liegenden →Rechens oder beim Anzünden des →Gartengrills mit →Benzin ausgestoßen. Wenn Sie sich einmal inmitten einer Gartenkolonie befinden, wird Ihnen bei schönem →Wetter bald von allen Seiten ein fröhliches »Aua« entgegenschallen. Dialektformen sind die Ausdrücke au, autsch, auweh und auweia.

Aussicht

Eigenschaft Ihres →Gartens, bevor Ihr →Nachbar auf die Idee kam, neben Ihnen zu bauen. Jetzt Eigenschaft des Gartens Ihres Nachbarn.

Bananen
Sehr beliebtes →Obst, das jedoch unter hiesigen klimatischen Bedingungen im →Garten nicht kultiviert werden kann. Daher sollten Sie auf keinen Fall bei der →Gartenparty mit »selbstgezogenen« Bananen protzen.

Baum
Unentbehrlicher Ausstattungsgegenstand jedes →Gartens. Hauptformen: Es gibt →Obstbäume, und es gibt andere Bäume, Unterscheidungsmerkmal ist die Genießbarkeit der Früchte. Im Wachstum anfangs sehr zögerlich, später jedoch zu üppig, wobei der Garten oftmals so beschattet wird, dass nichts mehr wächst (außer →Algen und →Unkraut). Im →Herbst Hauptlieferant des oftmals geschätzten →Gartenlaubs. Ansonsten meist zu schwach oder zu allein, um eine →Hängematte daran zu befestigen.

Baumarkt
Spezialform des →Gartenfachmarktes, hat noch mehr Pflanzen, Samen und Gartengeräte, dazu auch noch die verschiedensten Baumaterialien, um Sie auf dumme Ideen zu bringen. Hat nicht so viele Verkäufer wie ein Gartenfachmarkt, und die sind meist unauffindbar, so dass Sie unbemerkt ausgedehnte Klettertouren in den Hochregalen unternehmen können.

Baumschule
Unterrichtsstätte, in der kleinen →Bäumen alles beigebracht wird, was sie wissen müssen, um große Bäume zu werden (nicht

geeignet für →Bonsai). Für Sie bedeutet Baumschule die Gelegenheit, schnell mal ein paar Bäume zu kaufen, die Ihren →Garten in wenigen Jahren in tiefsten →Schatten tauchen.

Beet
Futterplatz für →Vögel, wo diesen Samen angeboten werden. Ein Beet muss mindestens zweimal jährlich umgegraben werden, wobei es sich empfiehlt, vor dem →Einsäen und nach der →Ernte umzugraben, um die Kulturpflanzen und das →Unkraut nicht zu gefährden. Das Beet dient weiterhin als Lagerplatz für →Dünger. Frisch umgegrabene, geharkte und eingesäte Beete üben eine unwiderstehliche Anziehungskraft auf →Kinder und →Katzen aus. was dann Anlass zum erneuten →Umgraben, →Harken und Einsäen gibt.

Benzin
Leicht brennbares Gemisch aus verschiedenen Kohlenwasserstoffen, wird zum Betreiben des →Benzinmähers, zum Entfernen von Grasflecken aus der Kleidung und zum Sprengen des →Gartengrills benötigt. Beim Hantieren mit Benzin sollten Sie möglichst wenig rauchen, es sei denn, Sie wollten sich mal schnell ein paar Monate vor der →Gartenarbeit drücken. In letzter Zeit drängen immer mehr benzingetriebene →Gartengeräte auf den Markt, so zum Beispiel die benzingetriebene →Gartenschere für den exakten Rasenschnitt oder die benzingetriebene →Gießkanne zum exakten Ausbringen von →Regenwasser (siehe auch unter →Messeneuheiten).

Benzinmäher
Von →Benzin angetriebenes Gerät zum →Rasenmähen. In der Praxis wird es jedoch meist nicht angetrieben, da es sehr schwierig ist, den Motor zu starten, wenn 1. das Zündkabel locker, 2. die Zündkerze feucht und 3. der Tank leer ist. Sollten Sie den Mäher trotzdem zum Laufen bringen, wird Ihr →Garten schnell von typischem Geruch und Geräusch durchzogen. Die

Gefahr des Benzinmähers besteht in der plötzlichen explosiven Selbstdesintegration, die in der Regel auch den Mäherführer nicht unbeschadet lässt. Das Risiko hierfür lässt sich durch Befüllen des Tanks mit →Wasser mindern, was auch eine gute Ausrede (»der Mäher springt leider nicht an«) liefert, um sich vor dem Rasenmähen zu drücken. Übrigens: Das Geräusch, das Sie dann aus Ihrem →Mittagsschlaf weckt, ist der Benzinmäher Ihres →Nachbarn.

Beton

Neben →Holz das meistverwendete Baumaterial im →Garten. Beliebte Farben sind betongrau, steingrau und blassgrau, der Beton kann aber durch Streichen mit Betonfarbe leicht jeden gewünschten Grauton annehmen. Wird überall dort eingesetzt, wo mal ein Glasgefäß herunterfallen könnte. Guter Nährboden für →Algen. Der in Ihrem Garten verwendete Beton war leider nicht so frostsicher wie gewünscht: Er löst sich unter Abgabe von →Kieselsteinen langsam auf.

Bewässern

Das Ausbringen von →Wasser in den →Garten, im Unterschied zum →Gießen reichhaltiger und großflächiger. Hierzu wird →Regenwasser in →Regentonnen gesammelt und in →Gießkannen zu den Pflanzen gebracht. Leitungswasser wird durch den →Gartenschlauch geleitet (daher der Name). Neben einer →Gartenparty ist Bewässern das beste Mittel, um ein →Gewitter anzulocken.

Bewölkung

Meist willkommenes Warnzeichen vor →Regen. Liefert Ihnen eine gute Ausrede, die →Gartenarbeit alsbald einzustellen und Schutz im Haus zu suchen. Ist auch ein gutes Argument, um sich vor dem →Bewässern zu drücken.

Bienen

Emsige, fleißige Tierchen, sorgen durch eifrigen Besuch der →Obstbäume dafür, dass es Unmengen von →Obst gibt. Der genaue Mechanismus ist bislang noch unbekannt, da auch →Blattläuse Ihre Obstbäume eifrig besuchen, aber leider überhaupt keine Früchte hervorbringen.

Biologisch

Neuartiges Eigenschaftswort, das es cleveren →Gärtnern ermöglicht, auch kleines →Obst und hässliches →Gemüse zu hohen Preisen zu verkaufen. Im weiteren Sinne auch Bezeichnung für den Trend, keine teuren →Gartengeräte mehr zu kaufen und alles so wachsen zu lassen, wie es will. Dieses stößt bei Ihrem →Nachbarn allerdings auf heftige Kritik und verschafft Ihnen schnell den Ruf, ein Faulpelz zu sein.

Birne

Seltsam geformtes →Kernobst, will sich dadurch vom Apfel unterscheiden. Meist sehr süß und sehr saftig (Obstflecke sofort unter fließendem →Wasser herausspülen). Wird zu Kompott und Schnaps weiterverarbeitet, auch zum →Einmachen geeignet.

Blatt

Kleines, leichtes, dünnes, platzsparendes Anhangsgebilde von →Bäumen, →Büschen und →Sträuchern. Im →Sommer hauptsächlich für den →Schatten verantwortlich. Verwandelt sich im →Herbst in →Laub und fällt überall dorthin, wo Sie es nur schwer aufrechen können. Als Laub wesentlich voluminöser.

Blattläuse

Unzweifelhaft zu den →Gartenschädlingen gerechnete, eklige Tierchen. Saugen nahezu an allen Pflanzen, so zum Beispiel an →Obstbäumen oder Rosen. Lediglich →Unkraut wird verschmäht. Finden immer einen Weg erst an, dann in den →Salat. Ihr letzter Bekämpfungsversuch mit →Gift war leider erfolglos geblieben.

Blume

Durch schöne Blütenform und Duft erfreuende Pflanze, die jedoch oftmals in einer Blumenvase endet. Der →Gärtner verbringt das halbe Jahr mit der Zucht von Blumen, die andere Hälfte wird von seiner besseren Hälfte genutzt, um die Blumen zu pflücken.

Trotz des schönen Aussehens sind die meisten Blumen nicht essbar.

Blumenbeet

→Beet, das hauptsächlich zur Aufzucht von →Blumen verwendet wird. Hohe Gefährdung durch →Gartenschädlinge wie →Kinder und →Katzen. Oftmals dekorativ, aber hoher Arbeitsaufwand (siehe auch unter →Jäten). Bei Blumenbeeten mit →Blumenzwiebeln entfällt das →Umgraben, weshalb in jedes Blumenbeet ein paar Alibizwiebeln gehören.

Blumenerde

Sonderfall von →Mutterboden. Wird im →Gartenfachmarkt in exklusiven kleinen, aber teuren Beuteln verkauft. Denn die im Gartenfachmarkt gekauften teuren Pflanzen dürfen keinesfalls nur in ordinäre Erde gepflanzt werden, denen muss man schon was Besseres bieten.

Blumenkohl

Mittelding aus →Blume und →Gemüse, ist sehr schön anzusehen und schmeckt noch besser. Die im eigenen →Garten gezogenen Exemplare sind leider nur so schön wie Gemüse und schmecken so gut wie Blumen, da sie zu hohe Anforderungen an den →Boden stellen. Erfahrene →Gärtner kaufen den Blumenkohl daher auf dem →Wochenmarkt.

Blumenkübel

Dekoratives, mit →Blumen bepflanztes Gefäß, das die Aufgabe hat, auf dem →Rasen herumzustehen und Sie beim →Rasenmähen zu behindern. Muss des Öfteren hin und her bewegt werden, ist aber unheimlich schwer, damit es vom →Sturm nicht umgeworfen wird. Schlaue →Gärtner bepflanzen auch →Schubkarren und →Gießkannen mit Blumen, wodurch ein wesentlicher Teil der leidigen →Gartenarbeit entfällt. →Rasenmäher mit eingearbeiteter Pflanzmulde haben sich neuerdings zum Renner entwickelt.

Blumentopf

Zerbrechlicher Tonbehälter, in den →Blumen gepflanzt werden. Die Scherben sind eine beliebte Zugabe zum →Komposthaufen, in der Hoffnung, dass Erde zu Erde werde. In letzter Zeit tauchen immer mehr Blumentöpfe aus Kunststoff auf, die die Blumentöpfe aus Ton voll ersetzen können: Sie zerbrechen genauso leicht und sind genauso wertvoll für den Komposthaufen.

Blumenzwiebeln

Hauptnahrung der →Wühlmäuse. Wenn nicht vorzeitig gefressen, wachsen aus ihnen →Blumen hervor. Geschmacklich nicht so gut wie →Zwiebeln, Verwendung allenfalls in der Zwiebelsuppe möglich. Wichtiger Hinweis: →Beete, die Blumenzwiebeln enthalten, dürfen nicht umgegraben werden.

Blüte

Der eigentlich dekorative Teil von →Blumen, daher oftmals Grund für das vorzeitige Ableben derselben. An Obstbäumen sehr geschätzt, weil sich aus ihnen nach Besuch durch die →Bienen Früchte entwickeln. Daher sollten Sie sich mäßigen, wenn Sie im →Frühling Ihre Wohnung mit blühenden Obstbaumzweigen dekorieren.

Boden

Grenzfläche zwischen Planet und Atmosphäre, außer über Wasserflächen. Eigentlich überall vorhanden. Wie aber jeder →Gärtner weiß, ist Boden nicht gleich Boden. Es gibt schwere Böden, auf denen nichts wächst, leichte Böden, auf denen nichts wächst, und gemischte Böden, auf denen nichts wächst. Ist bei jeder Neuanlage des →Gartens unbedingt zu verbessern (siehe auch →Dünger, →Mutterboden, →Bodenverbesserung).

Bodendecker

Sammelbezeichnung für sehr kleine Pflanzen, die auch nach langer Pflege nicht viel größer werden und daher den →Boden wie ein Teppich bedecken. Gut brauchbar, um ungeeigneten Boden zu verstecken, wenn Sie zu faul zur →Bodenverbesserung sind. Werden oftmals in Massen gepflanzt, sind aber dem Ansturm des →Unkrauts nicht immer gewachsen. Vorsicht, manche Bodendecker sind nicht so trittfest, wie sie aussehen.

Bodentestset

Im →Gartenfachmarkt gekauftes Set zur Bestimmung des Bedarfs Ihres →Gartens an →Dünger. Enthält sehr zerbrechliche Reagenzgläser, die schnell in sehr stabile →Glasscherben zerfallen. Erinnert Sie dauernd an Ihre schlechten Noten im Chemieunterricht. Die von erfahrenen mittelalterlichen Alchimisten entwickelten Reaktionen sind an Farbenpracht kaum zu überbieten. Das Testergebnis ist abgestuft: Ihr Garten braucht a. viel, b. sehr viel, c. irre viel Dünger.

Bodenverbesserung

Altes Ritual bei der Neuanlage des →Gartens. Zuerst ist der bereits vorhandene →Boden genauestens zu analysieren. Danach wird eine irre Menge anders gearteter Boden angeschleppt und mit ihm vermengt. Enthält Ihr Boden →Lehm, muss →Sand untergemischt werden und umgekehrt. Warum, weiß eigentlich keiner so genau. Nichts falsch machen kann man mit →Mutterboden. Andere beliebte Zusätze zur Bodenverbesserung sind Steinmehl, Torf und →Glasscherben.

Bohnen

Man unterscheidet Buschbohnen von Stangenbohnen, wobei letztere mit Hilfe von →Bohnenstangen gezogen werden, erstere dagegen nicht. Ansonsten besteht kaum ein Unterschied, außer dass man sich bei der →Ernte von Buschbohnen leichter einen krummen Rücken holt, dagegen bei der Ernte von Stangenbohnen eher die Haxen bricht. Der übermäßige Verzehr von Bohnen hat mitunter in Gesellschaft peinliche Folgen, woran man bei →Gartenpartys denken sollte.

Bohnenstangen

Lange Stangen zur Kultur von →Bohnen. Problematisch sind vor allem das Stecken der Bohnenstangen, wobei immer wieder unschöne Unfälle passieren, und die Aufbewahrung der Stangen das restliche Jahr über. Gartenkenner bevorzugen daher die Kultur von Buschbohnen. Bei der Arbeit mit Bohnenstangen wird Ihnen bewusst werden, wie leicht man sich einen Holzsplitter in die Haut zieht, und wie schwer es dagegen ist, ihn wieder herauszubekommen.

Bonsai

Sammelbezeichnung für die Restbestände an Mickerpflanzen, die in der →Baumschule nicht so recht wachsen wollten, aber zum Wegwerfen zu schade sind. Der hohe Preis lenkt schnell vom Gedanken ab, es könne sich um ein Recyclingprodukt handeln.

Brennnessel

Zum →Unkraut gehörende Pflanze, wird im →Garten in Massen angetroffen, da sie sich dem →Jäten auf hinterlistige Weise widersetzt. Das Brennen auf der Haut, das die Brennnessel verursacht, soll angeblich gut für die Durchblutung sein, was Ihnen beim →Jäten aber nur ein schwacher Trost ist. Die Brennnessel wird von Gesundheitsfanatikern auch als →Salat, gekocht oder als Tee (→Igitt) zubereitet, weshalb man einen brennnesselfreien Garten sofort als den eines Gesundheitsfanatikers erkennt.

Brennholz

Zum Verbrennen im →Gartenkamin oder →Gartengrill gedachtes →Holz, kommt in zwei Arten vor: 1. fertig gekauft, schön anzusehen, säuberlich gestapelt, viel zu schnell abbrennend, und 2.

selbst gemacht, unansehnlich, in unordentlichen Haufen, feucht, rauchend, unbrennbar; hierzu zählen auch Abfallholz, →Äste, →Zweige, →Gartenmöbel und alte →Gartenschuhe. Die erste Art kostet hauptsächlich Geld, die zweite Art hauptsächlich Nerven.

Brokkoli

Dem →Blumenkohl verwandtes →Gemüse, ist jedoch wesentlich grüner, kleiner und zäher. Im Anbau frustrierend, da noch anspruchsvoller als Blumenkohl. Daher für den →Gärtner nicht interessant, höchstens, um dem →Nachbarn zu imponieren.

Brombeeren

Sehr stachliges →Obst. Durch moderne Zucht- und Auswahlverfahren ist es in den letzten Jahrzehnten gelungen, den Bromgehalt der Brombeeren stark zu senken, wodurch dieselben wesentlich bekömmlicher werden. Die Kultur der Brombeeren ist sehr einfach: Setzen Sie einen Brombeerenstrauch in die abgelegenste Ecke Ihres →Gartens (um Himmels Willen nicht düngen!), und beobachten Sie, wie Ihr Garten innerhalb von wenigen Wochen von einem undurchdringlichen Geflecht stacheliger Brombeerranken überwuchert wird. Die →Ernte wird durch das Tragen einer Ritterrüstung sehr erleichtert. Sollte eine solche nicht zur Verfügung stehen, empfiehlt es sich, eine Pinzette, mehrere Meter Pflaster, ausreichend Schmerzmittel und genügend Blutkonserven (aufs Verfalldatum achten) bereitzustellen.

Brunnen

Ein vom →Gärtner hochgeschätzter Lieferant von →Wasser in Hülle und Fülle. Bei älteren Ausführungen müssen Sie Ihr Wasser →Eimer für Eimer aus 184 Metern Tiefe emporziehen, was aber gut für die Armmuskulatur ist. Neuere Brunnen fördern mit Hilfe einer elektrischen Pumpe, was das Wasser durch die heutigen Strompreise etwas teurer als Leitungswasser macht.

Busch

Sollte eigentlich mal ein →Baum werden, wurde aber durch zu eifrigen →Schnitt oder durch zu dichten →Schatten daran gehindert. Produziert hinterhältigerweise genauso viel →Laub wie ein richtiger Baum. Versteckt sich gerne in Ihrer →Hecke.

Chrysantheme

Sinnlose Blume, die hier nur aufgeführt wird, weil sich die →Tulpe nach neueren Forschungsergebnissen vorne nicht mit »C« schreibt.

Dampfstrahler

Wirklich unverzichtbares →Gartengerät. Erzeugt die Hälfte des Umsatzes auf →Gartenmessen. Mit Hilfe von Strom und Wasser wird ein Dampfstrahl erzeugt, der bei falscher Geräteeinstellung durch →Beton wie durch zimmerwarme Butter schneidet. Bei richtiger Geräteeinstellung wird der Beton wieder rein und jungfräulich. Leider dauert es eine Stunde, um eine Platte zu reinigen, und Ihre →Terrasse hat Hunderte davon. Wenn Sie die alle gereinigt haben, dann ist Ihr Haus vom aufspritzenden Schmutz so verdreckt, dass es neu verputzt werden muss.

Distel

Eine Art →Unkraut, die sich durch spitze →Blätter vor dem →Jäten schützt. Seit der Erfindung der →Handschuhe ist die Distel jedoch vom Aussterben bedroht.

Düngen

Das Ausbringen und Einarbeiten von →Dünger in den →Boden. Nach übereinstimmender Meinung von Experten in →Gartenfachmärkten wird viel zu wenig gedüngt. Wissenschaftlich gesehen konnte ein Einfluss des Düngens im →Garten auf die →Ernte noch nicht nachgewiesen werden. Düngen ist außerdem schlecht für den Rücken und für die Gelenke. Komisch, dass Ihr Orthopäde beim letzten Zusammentreffen im Gartenmarkt so gelächelt hatte ...

Dünger

Material, das keinesfalls mehr zu irgendeinem Zweck nützlich ist und deshalb im →Garten vergraben wird (das nennt man dann →Düngen). Beliebte Dünger sind →Kompost, →Steinmehl, Ziegelsteine und →Glasscherben. Wenn Sie einmal miterlebt haben, aus was Rinderdung eigentlich hergestellt wird (nein, nicht exakt aus Rindern), vermeiden Sie in Zukunft die Ausbringung von Rinderdung im Garten. Dies gilt sinngemäß auch für die Düngung mit →Mist und →Jauche. Ökofuzzies düngen nicht nur mit →Hornspänen, sondern auch noch mit abgeschnittenen Finger- und Zehennägeln. Sollte Ihnen die Beschaffung des für Ihren Garten am besten geeigneten Düngers schwerfallen, bietet Ihnen Ihr →Gartenfachmarkt eine reichhaltige Auswahl von Fertigdüngern in preisgünstigen Einhundert-, Fünfhundert- und Eintausend-Kilo-Säcken an.

Dynamit

Eins der wirksamsten →Unkrautvernichtungsmittel überhaupt. Zeigt auch bei hartnäckigen Unkräutern und →Maulwürfen durchschlagenden Erfolg. Sollte jedoch nur sparsam verwendet werden. Nicht in der Nähe von Gebäuden anwenden! Bei der Anwendung vielleicht besser nicht rauchen. Kann auch versuchsweise zum →Umgraben oder →Schneeräumen eingesetzt werden, nicht jedoch zum Anzünden des →Gartengrills (zu wenig Flammen, zu hoher Druck).

Efeu

An Häuserwänden, →Pergolen und →Gartenlauben kletternde Pflanze. Bahnt den →Ameisen in Ihrem →Garten den Weg in den zweiten Stock Ihres Hauses, wo sich Ihr Schlafzimmer befindet. Wächst in zwei Geschwindigkeiten: Da wo er hingepflanzt wurde, mit zwanzig Zentimetern im Jahr, da, wo er nicht hinwachsen soll, mit zwanzig Zentimetern in der Stunde.

Eichhörnchen

Flinkes, possierliches Tierchen, das im →Garten auf den →Bäumen herumturnt und Nüsse frisst. Wird daher zu den →Gartenschädlingen gerechnet.

Eimer

Im →Garten sehr häufig gebrauchtes Transportgerät für →Wasser oder →Erde. Besteht entweder aus Kunststoff und Löchern oder aus →Rost und Löchern. Beim Transport von Wasser können Sie so gleichzeitig Ihre →Beete gießen.

Einfrieren

Moderne Variante des →Einmachens, besteht im Wesentlichen darin, die →Ernte zu säubern und in die →Gefriertruhe oder →Tiefkühltruhe zu werfen. Ein energiesparender Weg, um Geschmack und Aussehen der im →Garten geernteten Erzeugnisse zu vermindern. Da das Einfrieren die gleichen mühsamen Vorarbeiten erfordert wie das Einmachen, bleibt es Ihnen überlassen, für welche der beiden Verarbeitungsmethoden Sie sich nun entscheiden. Allerdings werden bei der Entsorgung durch die Kälte die empfindlichen →Mikroorganismen im →Kompost geschädigt, so dass hier dem Einmachen der Vorzug zu geben ist.

Einmachen

Methode, um überzähliges →Obst und →Gemüse durch Kochen in luftdicht verschlossenen Gläsern solange haltbar zu machen, bis es wieder genug frisches Obst und Gemüse zum Einmachen gibt. Zur weiteren Verarbeitung des Einmachgutes dient dann der →Komposthaufen. Beim Einmachen verschwinden Geschmack, Farbe und Vitamine (auf bisher noch ungeklärtem Wege, da die Gläser ja luftdicht verschlossen sind), nicht jedoch die Kalorien. Das Vorbereiten des Einmachgutes (Waschen, Schälen, Entsteinen) zeigt überdeutlich, dass das Einmachen noch aus der vorindustriellen Zeit stammt. Funde von versteinerten Einmachgläsern deuten sogar an, dass bereits die Neandertaler diese Konservierungsmethode kannten und anwendeten.

Einsäen

Andere Bezeichnung für Vogelfütterung. Um den →Vögeln die Futtersuche spannender zu gestalten, werden die →Samen traditionell in →Beeten vergraben. Erfahrene →Gärtner stellen an den Beeten Schildchen mit falscher Beschriftung auf, um die Vögel irrezuführen.

Eissalat

→Salat aus Schokoladeneis, Erdbeereis, Vanilleeis und Sahne.

Elektromäher

Von elektrischem Strom angetriebenes Gerät zum →Rasenmähen. In der Praxis wird es hauptsächlich von Ihnen angetrieben, da das Motörchen zu schwach ist, um den →Rasenmäher vorwärtszubringen. Daher bei Bodybuildern sehr beliebt. Vorzüglich geeignet zur Pflege kleiner Rasenflächen, die Ihnen während der langen Mähzeit gleich viel größer vorkommen. Die hauptsächlichen Gefahren dieses Gerätes bestehen im elektrischen Strom, der jeden Weg aus dem Kabel in Ihren Körper findet, und im Kabel selbst, das sich auf teuflische Weise wenn nicht um Sie, dann doch um Ihre Lieblingspflanzen und Ihre →Gartenzwerge schlingt.

Erbsen

Den →Bohnen sehr ähnliches Gemüse, getrocknet von →Kindern in Schreckschusspistolen verschossen. Wächst auch zusammen mit →Mohrrüben in Dosen.

Erdbeeren

Bei Jedermann überaus beliebte Gartenfrüchte, gerne in Verbindung mit Schlagsahne gegessen. Die →Ernte wird mit Hilfe der →Vögel vorgenommen. Wenn Sie wissen wollen, woher die Erdbeeren ihren Namen haben, sollten Sie einmal Erdbeeren frisch vom Erdbeerstrauch essen: Das Knirschen zwischen Ihren Zähnen kommt von der daran haftenden →Erde.

Erde

Neben →Dünger, →Ameisen und →Unkraut Hauptbestandteil des →Gartens. Ist in den meisten Gärten bereits reichlich vorhanden, weswegen es nur wenige verstehen, warum bei der Neuanlage eines Gartens tonnenweise →Mutterboden angefahren werden muss. Der erfahrene →Gärtner spricht übrigens niemals von Erde, sondern immer von →Boden und →Bodenverbesserung. Weiterhin ist Erde eine wichtige Zutat bei vielen Rezepten mit →Gemüse aus dem eigenen Garten.

Ernte

Alte, ritualisierte Handlung, bei der Sie das Essbare im →Garten einsammeln, zumindest das, was Ihnen →Kinder und →Vögel an →Obst und →Gemüse übriggelassen haben. Besonders mühevoll ist die Ernte von Obst, das auf →Obstbäumen wächst. Hierzu sollten Sie sich einer →Leiter bedienen. Gleichzeitig lernen Sie Ihren Garten aus einer völlig neuen Perspektive kennen (Vorsicht, Schwerkraft!). Sollten Sie mehr ernten, als Sie im Moment aufessen können, bieten sich zur weiteren Verwertung das →Einmachen und →Komposthaufen an, wobei das Einmachen als Vorstufe des Komposthaufens anzusehen ist.

Fächerrechen

Abart des →Rechens, verwendet zum Zusammenrechen des →Laubs auf dem →Rasen. Seine Zinken sind dünn und federnd, aber auch sehr brüchig, was ihm bald ein verwegenes Aussehen verleiht.

Fallobst

Sammelbezeichnung für das →Obst, das die →Gartenschädlinge verschmähten, der →Hagel verschonte und das vom →Wind von den →Bäumen geschüttelt wurde. Ist von so schlechter Qualität, dass es nicht einmal mehr als →»biologisch« verkauft werden kann. Das Einzige, was Ihnen übrig bleibt, ist die Verwertung als →Obstwein, als →Vierfruchtmarmelade oder im →Komposthaufen.

Fenchel
Fürchterlich penetrant schmeckendes →Gemüse, macht jeden →Salat ungenießbar. Oft als Hausmittel bei Erkältung verwendet, da man dann den scheußlichen Geschmack nicht so bemerkt. Hat sich bei uns zum Glück nicht durchgesetzt.

Feuerbohnen
Spezielle →Bohne, die jedoch trotz des vielversprechenden Namens nicht brennen will. Zum Anzünden des →Gartengrills daher weniger geeignet.

Fichte
Sparausgabe der →Tanne, wird aber genauso groß. Sollten Sie planen, eine →Hecke aus Fichten anzulegen, machen Sie sich auf erheblichen Anfall von →Schatten und von →Zweigen beim →Schnitt gefasst.

Fische
Sehr wichtiger Bestandteil des →Gartenteiches. Sie haben die Aufgabe, an den teuren Wasserpflanzen zu knabbern (selbst hartnäckige Raubfische tun das gerne). Weiterhin dienen Fische zur Nahrungsergänzung Ihrer →Katzen. →Goldfische lassen den Gartenteich besonders wertvoll erscheinen (Vorsicht, Einbrecher!). Von der Haltung von Piranhas im Gartenteich sollte man im Hinblick auf feucht-fröhliche Unfälle bei der →Gartenparty Abstand nehmen.

Flambieren
Besonders gerne spätabends auf →Grillpartys zelebriertes Anrichten von →Obst. Dazu wird eine Menge leckeren Obstes (oder was sonst noch so da ist, Hauptsache, es brennt) mit →Obstschnaps übergossen und angezündet. Sollte es nicht brennen wollen, übergießen Sie es einfach mit →Benzin und zünden es noch mal an (Vorsicht!). Das Obst ist servierfertig, wenn es sich mit einer schwarzen Kruste überzieht.

Flieder

Dekorativer →Busch, dessen einzige Aufgabe es ist, Anfang →Mai herrlich duftende →Blüten hervorzubringen. Blüht in den Farben Weiß und Lila. Gibt Ihnen Ende Mai Gelegenheit zur →Gartenarbeit, weil die verblühten Blütenstände abgeschnitten werden müssen, damit der Flieder nächstes Jahr wieder blüht. Dabei wird Ihnen bewusst, dass so ein Fliederbusch ohne weiteres vier Meter hoch werden kann. Im Krankenhaus wird Ihnen anschließend bewusst, dass Sie sich schon lange mal eine stabile →Leiter kaufen wollten.

Frost

Zu den →Gartenschädlingen gerechnete Naturerscheinung. Bedroht Ihre →Blüten und Früchte, konserviert Ihre →Goldfische im Teich. Sprengt die Akkus all Ihrer akkubetriebenen →Gartengeräte. Beschädigt den →Beton Ihres →Gartenweges und lässt Ihren →Swimming-Pool zufrieren. (Warnung: Es empfiehlt sich nicht, am zugefrorenen Swimming-Pool für die Weltmeisterschaft im Kopfsprung zu trainieren.) Insgesamt ist Frost für den Garten dermaßen schädlich, dass hier nur die Empfehlung ausgesprochen werden kann, den Garten bei Frostgefahr ins Wohnzimmer zu stellen.

Frühbeet

Kleinere Version des →Gewächshauses, zur Aufzucht von →Gemüse in der Frühe (nicht mehr nach zehn Uhr früh benutzen). Bei →Sturm und →Hagel ist der Schaden geringer, daher auch für den kleinen Geldbeutel erschwinglich.

Frühling

Vom →Gärtner gar nicht geliebte Jahreszeit, beginnt doch in ihr die gerade erst beendete →Gartenarbeit von neuem. Speziell im Frühling ist die Zeit des →Umgrabens und des Säuberns des →Gartens, was Ihren →Komposthaufen in unglaublich kurzer

Zeit auf das Volumen eines mittleren Dreifamilienhauses anschwellen lässt.

Gänseblümchen
Kleine, hübsche →Blume, blüht und vermehrt sich zu Tausenden in Ihrem Rasen und macht Ihnen das →Rasenmähen schwer. Zierformen, die Sie in einer →Gärtnerei erstanden haben, verweigern in Ihren →Beeten bisher die Vermehrung.

Garage
Ursprünglich zur Aufnahme Ihres Autos und Ihres →Anhängers gedachte Räumlichkeit, dient jetzt zur Aufnahme Ihres →Rasenmähers und weiterer →Gartengeräte, die in Ihrem →Geräteschuppen keinen Platz mehr fanden.

Garageneinfahrt
Platz vor Ihrer →Garage, den Sie in weiser Voraussicht betoniert haben, damit sich Ihre →Algen und Ihr →Moos dort besonders wohlfühlen. Im →Winter Schauplatz des ach so beliebten →Schneeräumens.

Garten
Mit Pflanzen und allerlei Getier angefüllter Raum ums Haus, hochgeschätzter Lieferant von →Obst und →Gemüse. Hauptschauplatz der hier beschriebenen Tätigkeiten. Endlagerstätte für →Dünger. Für das Überleben der →Gartenfachmärkte von absoluter Wichtigkeit. Nach Meinung vieler Gartenfreunde eine Oase der Ruhe und Entspannung. Für Sie ist der Garten jedoch

eher der Ort der →Gartenarbeit. Sie sollten sich überlegen, Ihren Garten zu betonieren und grün anzustreichen: In diesem Zustand macht er am wenigsten Arbeit. Schließlich ist Ihr Garten für Sie auch der Grund, warum Sie sich immer mit Ihrem →Nachbarn in den Haaren liegen (sonst ist er eigentlich ein netter Kerl): Er macht Sie nicht nur auf kleine Fehler und Versäumnisse aufmerksam, nein, das Schlimme dabei ist, dass er dabei Recht hat.

Gartenarbeit

Für den Kenner die schönste aller Arbeiten. Leider gibt es nur noch sehr wenig Kenner. Gartenarbeit bedeuten meist nur stupides, unbezahltes →Umgraben, Laubzusammenrechen und →Jäten. Trotzdem ein Lichtblick: Positiv an der Gartenarbeit ist, dass man sie solange aufschieben kann, bis sie keinen Sinn mehr hat.

Gartenarchitekt

Plant und erstellt die Anlage eines →Gartens. Das von ihm geforderte Honorar steht nicht immer in direktem Verhältnis zu seiner Leistung: So war zum Beispiel der Gartenarchitekt Ihres →Nachbarn besser als der Ihre, zum Ausgleich war Ihrer aber teurer.

Gartenbank

Nicht, wie oft fälschlich angenommen, ein Kreditinstitut zur Zwischenfinanzierung des Bedarfs an →Dünger, sondern des →Gärtners liebster Ruheplatz, steht oft an landschaftlich ansprechenden Stellen. Wird in den Versionen »nass« oder »schmutzig« geliefert (Kombination gegen Aufpreis möglich). Von der Ausführung »instabil« sei an dieser Stelle abgeraten.

Gartenbuch

Unverzichtbares Handbuch des →Gärtners. Es enthält eine Vielzahl von Ratschlägen für die →Gartenarbeit sowie eine Vielzahl von Erklärungen, wieso das Ergebnis nicht wie gewünscht ausfiel, obwohl man nach besten Kräften versuchte, alle Ratschläge zu befolgen. Kann in dieser Beziehung einen →Nachbarn voll ersetzen. Außerdem bringt Sie das Gartenbuch auf die Idee, ganz exotische Gewächse anzupflanzen, die im besten Falle gleich eingehen, Ihnen aber im schlimmsten Falle eine Unmenge exotischer →Früchte bescheren, die Sie nie im Leben essen würden (man weiß ja oft nicht mal, wie man die Dinger überhaupt aufmacht!), es sei denn, Sie sind ein Freund exotischer Bauchschmerzen. Weiterhin finden Sie im Gartenbuch eine Fülle von Anregungen, wie Sie Ihre ohnehin knappe Freizeit mit dem Bau einer →Gartenlaube, eines →Gartengrills oder eines →Gartenteichs vertrödeln könnten. Erfahrene →Gärtner verwenden das Gartenbuch daher als Zusatz zum →Komposthaufen.

Gartendusche
Dusche, die Sie in der Absicht im →Garten installiert hatten, vor dem Benutzen des →Swimming-Pools zu duschen. Davon sind Sie jedoch nach wenigen Versuchen wieder abgekommen, weil 1. Ihr →Rasen das Shampoo nicht vertrug und 2. Ihr →Nachbar so komisch guckte. Vielleicht hätten Sie nicht so laut singen sollen.

Gartenelektrik
Das Verlegen von Stromkabeln, Steckdosen und Schaltstellen im →Garten dient in der Regel keinem anderen Zweck als der Erzeugung von Kurzschlüssen bei →Regen. Durch die zunehmende Verbreitung von elektrischen →Gartengeräten ist die Gartenelektrik meist unterdimensioniert, was zu erhöhtem Sicherungsverbrauch und zu Kabelbrand (nicht mit →Wasser löschen!) führt.

Gartenfachmarkt
Riesiger Laden, der alles führt, was man im →Garten mehr oder weniger gebrauchen kann. Enthält noch mehr verlockende Angebote als der →Gartenkatalog, und, was am schlimmsten ist, man kann dort alles anfassen und ausprobieren, wobei Ihnen hilfreiche (und erfolgreiche) Verkäufer gern zur Seite stehen. Dies ist

wahrscheinlich der Grund, warum Sie sich dieses Jahr bereits drei →Rasenmäher gekauft haben. Führt ständig die neuesten →Gartengeräte, frisch von der →Gartenmesse. Hält außerdem eine unwahrscheinliche Menge an →Dünger bereit. Praktisch ist auch sein Lieferservice, falls Ihr Wagen die Fülle der Waren nicht mehr fasst, so dass Ihr Dünger dann mit einem Lastwagen angefahren wird.

Gartengeräte

Sammelbezeichnung für alle möglichen, meist nutzlosen Geräte, die zur Arbeit im →Garten bestimmt sind. Die meisten Gartengeräte werden auf →Gartenmessen als →Messeneuheit gekauft, wo die Verkäufer Ihnen versichern, dass Ihre Arbeit wesentlich erleichtert wird. Der wirkliche Zweck dieser Geräte ist es jedoch, Ihren →Geräteschuppen so zu füllen, dass Sie an wirklich benötigte Geräte nur nach stundenlangem Umräumen herankommen. Mitunter ist es einfacher, diese Dinger dann von Ihrem →Nachbarn zu leihen. Die einfachste Methode ist es, seine technische Überlegenheit neidvoll anzuerkennen, und schon haben Sie Zugang zu seinen Wunderwerken. Denken Sie aber daran, die Geräte rechtzeitig zurückzugeben, denn – Ihr Geräteschuppen ist schon voll genug.

Gartengrill

Unentbehrliches Requisit bei →Grillpartys, dient zur Verwandlung heißbegehrter Holzkohle in heiße Asche. Die Holzkohle sollte acht bis zwölf Stunden vor Auflage des Grillgutes angezündet werden (bitte Vorsicht beim Anzünden mit →Benzin). Auch holzbetriebene Modelle sind noch im Handel, die an einem Abend leicht ihr Eigengewicht an →Brennholz verfeuern. Gasbetriebene Gartengrills sind etwas in den Hintergrund getreten, da sich in der Praxis gezeigt hat, dass die Gasflasche stets am Samstagabend kurz vor Auflegen des Grillgutes leer wird. Zur Größe des Gartengrills ist zu sagen, dass der ideale Grill so groß ist, dass er Fleisch für dreißig Personen auf einmal fasst, aber nur wenig Platz im →Geräteschuppen wegnimmt. Leider gibt es keinen idealen Grill. Ihr Grill fasst Fleisch für drei Personen (und davon sind noch zwei Kinder), dafür füllt er Ihren Geräteschuppen zur Hälfte. Noch ein praktischer Tipp: Je heißer ein Gartengrill ist, desto wackeliger wird er. Bei Erreichen seiner Betriebstemperatur fällt er bereits beim Anschauen um, erst recht, wenn Sie das Grillgut schon aufgelegt haben.

Gartenkamin
Enger Verwandter des →Gartengrills, braucht jedoch mehr →Brennholz. Zum Ausgleich nutzloser als dieser. Sehr dekorativ auf →Gartenpartys, entwickelt bei günstigem →Wind eine ganze Menge Rauch. Vor dem Anzünden bitte vergewissern, dass sich Ihre →Katze nicht gerade im Gartenkamin versteckt hat.

Gartenkatalog
Enthält viele tolle Angebote von Pflanzen, →Samen, →Dünger und →Gartengeräten. Verspricht Ihnen bessere →Ernten als Ihr →Nachbar sie hat. Kann in Bezug auf unnütze Ideen Ihr →Gartenbuch voll ersetzen. Die Lieferung der bestellten Waren erfolgt sofort, jedoch spätestens im →Winter (dann bitte das Pflanzloch mit der →Spitzhacke ausheben).

Gartenlaub
Besteht hauptsächlich aus →Blättern, wird im →Herbst von den →Bäumen, →Büschen und →Sträuchern abgeworfen. Erstickt, wenn Sie es nicht wegrechen, unweigerlich jedes pflanzliche Leben im →Garten (außer →Unkraut). Macht beim Zusammenrechen viel Mühe, lässt sich aber vom →Wind mühelos auseinandertreiben. Sammelt sich auch gerne in →Gartenteichen, →Regentonnen und Regenrinnen. Der beste Entsorgungsweg ist die Deponierung in →Nachbars Garten (auf die richtige Zuordnung zu den Bäumen achten!). Der Weg des Gartenlaubes vom Baum in den →Geräteschuppen ist bisher noch nicht völlig

erforscht, es scheint jedoch erwiesen zu sein, dass 85 Prozent der Blätter dort überwintern.

Gartenlaube

Hat ihren Namen von dem sich darin unbarmherzig ansammeln-den →Gartenlaub. Dient zur Aufnahme vom →Gartenmöbeln, die beim →Rasenmähen im Weg stehen. Vor der →Gartenparty ist die Gartenlaube vom →Laub zu befreien, wenn Sie Eindruck schinden wollen. Das oftmals undichte Dach bietet den Gästen nur unzureichenden Schutz vor dem während der Party einset-zenden →Regen. Für den Rest des Jahres sollten Sie die Garten-laube nutzen, um die →Gartengeräte unterzustellen, die in Ihrem →Geräteschuppen keinen Platz mehr finden.

Gartenleuchte

Moderne oder rustikale Vorrichtung zur Beleuchtung Ihres →Gartens. Dient auch zur Erzeugung romantischer Stimmung auf →Gartenpartys. Wird von Ihren →Kindern als Zielscheibe für →Kieselsteine benutzt.

Gartenlexikon

Die etwas seriösere Ausgabe des →Gartenbuchs, in ihr sind die Begriffe alphabetisch geordnet. Aber Vorsicht: Mit einem Gartenlexikon kann man noch mehr hereinfallen als mit einem Gartenbuch. Dieses Lexikon zum Beispiel, das Sie in der Absicht kauften, Ihr Wissen um den →Garten zu mehren, enthält nur Quatsch. Zum Glück haben Sie es nicht, wie ursprünglich gedacht, Ihrem Nachbarn geschenkt, wo doch solche Scheußlichkeiten über ihn drinstehen. Oder etwa doch? Dann oh weh!

Gartenmesse

Verkaufsveranstaltung für →Gartengeräte, auf der Ihnen subtil klargemacht wird, wie rückständig Sie doch in Ihrem →Garten herumwurschteln. Garantierter Verkaufsschlager sind die alljährlichen →Messeneuheiten. Besonders verheerend ist die dortige reichhaltige Auswahl an →Gartenbüchern. Als verkaufsfördernd hat sich die Rivalität zwischen Ihnen und Ihrem →Nachbarn erwiesen, die durch geschickte Verkäufer zum gärtnerischen Wettrüsten angeheizt wird. Nur so ist es zu erklären, dass sich Ihr Nachbar letztes Jahr einen Mähdrescher für seinen Reihenhausgarten angeschafft hat. Sie wurden durch beherztes Dazwischentreten Ihrer Ehefrau am Gleichziehen gehindert, worüber Sie heute noch ein bisschen grollen.

Gartenmesser

Spezialmesser zur Arbeit im →Garten. An →Zweigen stumpf, am Finger scharf (→Verbandkasten). Wird gerne auf dem →Rasen liegengelassen, aber beim Barfußgehen schnell wiedergefunden. Auch eine beliebte Zugabe zum →Komposthaufen.

Gartenmöbel

Harte, unbequeme, dabei aber sehr schwere Möbel, deren einziger Zweck es ist, beim →Rasenmähen im Weg zu stehen. Durch ihr Gewicht wird das Herumtragen im →Garten zur Qual. Sind bei →Gartenpartys stets weniger als Gäste vorhanden. Der Gedanke, dass Gartenmöbel billig sind, weil sie instabil und unbequem sind, ist übrigens falsch. Bevorzugte Materialien: →Holz (biologisch abbaubar), Plastik (spröde, dafür schnell verblassend) und →Gusseisen (rostig, aber schwer).

Gartenparty

Gelegenheit, allen möglichen Leuten Ihren →Garten zu präsentieren. Man setzt sich abends in den Garten, zündet den →Gartenkamin an und ist gesellig. Gerne wird gegrillt. Hierbei ist auf ausreichende Auswahl und Menge von →Salaten zu achten, damit die Gäste nicht vor Hunger in Ohnmacht fallen, bevor das Fleisch fertig ist. Oftmals werden selbstgezogene →Früchte des eigenen Gartens angeboten (Vorsicht, beim Kauf auf Herkunft achten!). Gäste, die sich kritisch über Ihren →Garten äußern, machen sich unbeliebt. Sie können sich rächen, indem Sie bei der Gegeneinladung unauffällig die →Beete zertreten und mit →Kieselsteinen nach den →Gartenleuchten werfen. Unverzichtbarer Bestandteil jeder Gartenparty ist der →Regen, der umso plötzlicher kommt, je weniger Unterstellplätze vorhanden sind.

Gartenschädlinge

Sammelbezeichnung für all das, was Ihren mühsam gehegten Pflanzen ans Leben will. Wichtigste Vertreter: →Vögel, →Kinder, →Katzen, →Wühlmäuse, →Sturm, →Winter, →Frost. Auch die Unterteilung nach der Art des Schadens ist gebräuchlich: Fruchtschädlinge, Blütenschädlinge, Zertrampelschädlinge. Übrigens: →Unkraut wird von keinem Gartenschädling angerührt.

Gartenregeln

Sammlung altdeutscher, in Fraktur gesetzter Sinnsprüche, die im weiteren Sinne etwas mit dem →Garten zu tun haben. Beispiel: Hat der →Gärtner →Frost am Schuhe, steht er in der →Tiefkühltruhe. Der tiefere Sinn ist meist im Laufe der Jahrhunderte verlorengegangen, was jedoch das Anwendungsfeld durch großzügige Interpretation durchaus erweitert.

Gartenschere

Schwergängiges, quietschendes Instrument zum Schneiden von →Zweigen und →Blumen. Hohe Verletzungsgefahr trotz stumpfer Schneiden. Als Zusatz zum →Komposthaufen sehr beliebt. Erzeugt beim →Rasenmähen ein seltsames Geräusch, wenn Sie die Gartenschere auf dem →Rasen verloren haben und mit Hilfe des →Rasenmähers wiederfinden sollten. In diesem Fall sollten Sie sich auf eine demnächst ins Haus stehende Neuanschaffung einer Gartenschere und eines Rasenmähers vorbereiten.

Gartenschlauch

Mindestens hundert Meter langes Ungetüm aus →Gummi oder Kunststoff, wird in verknoteter Form gelagert. Dient zum Transport des →Wassers vom Wasserhahn zum →Rasensprenger. In der Regel entweicht das Wasser jedoch zwischen Wasserhahn und Rasensprenger durch die im Gartenschlauch befindlichen Löcher. Bei jeder Benutzung des Gartenschlauches werden Sie sich vornehmen, demnächst eine Schlauchrolle zu kaufen oder wenigstens den Schlauch nach Gebrauch ordentlich zusammen-zurollen. Ersteres verhindert Ihr Geldbeutel, letzteres der Regenguss, der durch Ihre Bewässerungsversuche unaufhaltsam angelockt wird.

Gartenschuhe
Besonders solide, zur →Gartenarbeit bestimmte Schuhe mit sehr grobstolligem, griffigem Profil, mit deren Hilfe Sie in einem Arbeitsgang größere Mengen an →Erde ins Haus tragen können. Werden an nassen Tagen durch →Gummistiefel ersetzt.

Gartenspritze
→Gartengerät zum Versprühen von →Gift. Enthält Dichtungen aus sehr porösem, mitunter wasserlöslichem →Gummi, die den Einsatz der Spritze meist verhindern. Das Pumpen zur Erzeugung des nötigen Drucks ist sehr mühsam, weswegen die Gartenspritze auch meist unbenutzt im →Geräteschuppen steht.

Gartenteich
Hochproduktive Brutstätte für →Algen und Stechmücken. Enthält nebenbei auch →Goldfische und →Seerosen. Sie werden sich wundern, wieviel Geld man für die Bepflanzung eines Gartenteichs ausgeben kann und welchen Appetit so kleine Fische entwickeln können. Von den Kosten für Algenbekämpfungsmittel, Fischfutter, Algenbekämpfungsmittel, Umwälzpumpen, Algenbekämpfungsmittel, Wasserfilter, Algenbekämpfungsmittel, Wasserklar und Algenbekämpfungsmittel wollen wir hier lieber nicht reden. Bei der Frage nach der Größe des Gartenteichs werden Sie die Diskrepanz zwischen Ihrer Vorstellung von einem schönen großen Teich zum Angeln, Baden und Bootfahren und der Mühe des Erdaushubs zu berücksichtigen haben.

Gartentor
Großes, breites Tor im →Gartenzaun, durch das die Fußgänger in Ihrer Straße bequem in Ihren →Garten sehen können, was Sie

bisher noch davon abhielt, Ihr →Mittagsschläfchen im Garten zu halten.

Gartentürchen
Im →Gartenzaun versteckte Tür, die Sie durch ständiges Quietschen daran erinnert, im →Gartenfachmarkt etwas Gartentürenöl (ja, auch das gibt es im Gartenfachmarkt) zu kaufen. Oftmals mit →Hecken und →Sträuchern fast zugewachsen. Das wirkt zwar sehr romantisch, ist jedoch beim Durchgehen hinderlich, besonders nach einem Regenguss.

Gartenweg
1. Zustand nach Umzug in den 15. Stock eines Hochhauses. 2. Weg durch den →Garten, meist aus →Beton, →Steinen oder →Holz gefertigt. Bei →Regen durch →Moos und →Algen rutschig. Gibt Ihnen die Gelegenheit, auch im →Winter im Garten zu arbeiten: Sie können dann den →Schnee vom Gartenweg schaufeln.

Gartenzaun
Wichtige Begrenzung Ihres →Gartens, markiert er doch das Ende des Einflussbereiches Ihres →Nachbarn. Für →Gartenschädlinge kein Hindernis. Ein Gartenzaun aus →Holz muss jedes Jahr frisch gestrichen werden, weswegen man ihn auch gerne schamhaft in einer →Hecke versteckt.

Gartenzeitschrift
Monatlich ins Haus flatterndes, grün-buntes Druckerzeugnis, das Ihnen auf pädagogische Weise klarmachen will, dass jeder andere →Garten besser als Ihr eigener aussieht. Ist immer wieder eine Quelle von Inspirationen, die in teuren und frustrierenden Fehlschlägen enden. Eingeweihte wissen jedoch: Die Gärten in Gartenzeitschriften sehen nur deshalb so gut aus, weil sich die Redaktionen richtig teure Bildbearbeitungsprogramme leisten können.

Gartenzwerge

Immer freundliche, immer arbeitsame Gesellen, die die Hochkultur urdeutscher Vorgartenkunst repräsentieren. Denn der →Garten wird erst durch die Gartenzwerge zum richtigen Garten. Außerdem unterbrechen Gartenzwerge die öde Monotonie des →Rasenmähens, weil sich auch noch im kleinsten →Vorgarten schwierigste Hindernisparcours aufbauen lassen.

Gärtner

1. Im engeren Sinne: Einer, der →Gartenarbeit als Beruf ausübt. 2. Im weiteren Sinne: Jeder, der →Gartenarbeit ausübt. Ist im Gegensatz zu dem unter 1. genannten Gärtner zu bedauern, weil er für dieselbe Arbeit nicht bezahlt wird, sondern noch einiges in den →Garten hineinstecken muss. 3. Wieder im engeren Sinn: Einer der unter 2. Genannten, der sich durch jahrelange Gartenarbeit (oder fleißiges Lesen im →Gartenlexikon) einen reichhaltigen Schatz an Erfahrung zulegen konnte, so dass seinen →Nachbarn mit einer Fülle von Tipps und Ratschlägen überhäufen kann.

Gärtnerei

Rettender Ort, wo Sie Nachschub an jungen Pflanzen kaufen können, wenn Ihnen die →Vögel alle Samen aus den →Beeten gepickt haben oder wenn Ihnen beim →Jäten der Unterschied zwischen →Gemüse und →Unkraut nicht so recht aufgefallen war. In der Gärtnerei finden Sie auch fachkundige Beratung über Pflanzen, die noch in Ihren überfüllten →Garten hineinpassen.

Gefriertruhe

Zum Zwecke des →Einfrierens genutztes Zwischenlager zwischen →Beet und →Komposthaufen. Gleichermaßen für →Obst wie für →Gemüse geeignet. In der Praxis ist die Gefriertruhe das ganze Jahr über voll mit →Johannisbeeren, die keiner essen will, die aber sehr reichlich geerntet wurden.

Gemüse

Das Gegenteil von →Obst. Schmeckt nicht sehr süß, wird daher von →Kindern nicht geplündert, sondern lieber zertrampelt. Ist bis auf →Bohnen leichter zu ernten als →Obst, da dieses entweder in luftiger Höhe oder in der Nähe spitzer Stacheln wächst. Verwendung: →Einmachen, →Einfrieren, →Komposthaufen. Die Verwendung im Kuchen hat sich noch nicht so recht durchgesetzt (Ausnahme: Zwiebelkuchen), noch weniger die Verwendung für →Marmelade.

Gerätehalter

→Gartengerät, das zum Ordnen und Festhalten anderer Gartengeräte bestimmt ist, zum Beispiel für →Spaten, →Rechen oder →Mistgabel. Befindet sich in der hintersten Ecke Ihres →Geräteschuppens, wo er unbenutzt verstaubt, weil Sie Ihren Geräteschuppen so mit Gartengeräten vollgestellt haben, dass Sie nicht mehr zum Gerätehalter durchkommen.

Geräteschuppen

Kleines, enges Kabuff, dessen einziges Fenster nach Bekanntschaft mit einem →Spaten durch eine Holzplatte ersetzt wurde, dient zur Aufnahme aller →Gartengeräte, →Gartenmöbel, des →Rasenmähers und des →Gartenschlauchs, weswegen im Schuppen auch kein Platz zum Herausholen eines Geräts ist. Erfahrene →Gärtner lehnen Ihre Geräte daher von außen an die Geräteschuppenwand.

Gewächshaus

Kleines, lichtes Häuschen im →Garten, angelegt zum Heranziehen von Pflanzen, die es gerne warm und feucht haben, zum Beispiel →Moos und →Unkraut. Dient auch zur Unterbringung von →Gartengeräten und als Zwischenlager für →Dünger. Glücklicherweise haben sich nach wenigen Wochen alle Fensterscheiben mit einer dicken, dunkelgrünen Algenschicht überzogen, so dass man die Unordnung drin nicht sieht.

Gewitter

Besonders heftige und überraschend einsetzende Form des →Regens. Der Niederschlag ist nicht nur beleuchtet, sondern auch mit lautem Donner verbunden. Diese Art Regen tritt überzufällig häufig während →Gartenpartys auf, oder wenn Sie Ihren Garten gerade stundenlang gewässert haben. Gefürchtet sind Gewitter mit →Hagel, besonders, wenn Sie ein →Glashaus haben. Merksatz: 𝕯𝖊𝖗 𝕭𝖑𝖎𝖙𝖟 𝖘𝖈𝖍𝖑ä𝖌𝖙 𝖎𝖓 𝖉𝖊𝖓 𝕲ä𝖗𝖙𝖓𝖊𝖗 𝖊𝖎𝖓, 𝖌𝖊𝖍𝖙 𝖊𝖗 𝖓𝖎𝖈𝖍𝖙 𝖛𝖔𝖗𝖒 𝕲𝖊𝖜𝖎𝖙𝖙𝖊𝖗 𝖗𝖊𝖎𝖓.

Gießen

Das Ausbringen von →Wasser im →Garten, wo es nichts gibt, was nicht gegossen werden muss (außer →Rasenmähern). Hierbei wird lockere →Erde weggeschwemmt, wodurch die Wurzeln der Pflanzen freigelegt werden. Der →Boden wird nass und matschig, weshalb Sie Ihre →Gartenschuhe tunlichst ausziehen sollten, bevor Sie Ihr Wohnzimmer betreten. Bisher konnte noch nichts gefunden werden, was den →Regen so unweigerlich anzieht wie ein frischgegossenes →Beet. Der Weg zwischen Wasserhahn, →Brunnen oder →Regentonne und →Beet oder →Rasen ist meist weit und beschwerlich, so dass bereits viele →Gärtner bemüht waren, hier eine Arbeitserleichterung zu erfinden. Wie aber die Ergebnisse (→Gießkanne, →Gartenschlauch, →Rasensprenger) zeigen, ist es ihnen nicht gelungen.

Gießkanne

Aus Metall oder Kunststoff bestehendes Transportgefäß für →Regenwasser von der →Regentonne oder vom Wasserhahn zum →Beet. Wird in zwei Ausführungen gefertigt: Die Ausführung mit dem viel zu fest sitzenden Brausekopf ist ständig verstopft, während die Ausführung mit dem nie verstopften Brausekopf denselben ständig verliert. Gießkannen aus Metall neigen zum Durchrosten, was einerseits ein hohes Tempo zwischen Regentonne und Beet notwendig macht, andererseits aber auch einen →Rasensprenger erspart. Gießkannen aus Kunststoff werden eher spröde: Der Griff der vollen Kanne bricht eine halbe Sekunde vor dem Aufschlag auf dem →Boden, wodurch die Kanne dann meist irreparabel beschädigt wird. Faulpelze und Fachleute gießen lieber mit dem →Gartenschlauch, der aber durchaus über eigene Tücken verfügt.

Gift
Aufschrift auf der Flasche, in der Sie Ihren selbstgemachten →Obstwein aufbewahren, um Ihre →Kinder und Partygäste fernzuhalten. Zeigte bei der versehentlichen Anwendung auf →Blattläuse und →Unkraut wenig Wirkung, bei Ihnen aber umso mehr. Wie sagte auch schon Paracelsus, der alte Hobbygärtner: Allein die Dosis macht's, dass ein Ding kein Gift sey.

Glashaus
Sonderform des →Gewächshauses, hat Wände aus Glas. In →Gärten mit →Kindern und →Kieselsteinen nur bedingt zu empfehlen. →Gärtner ohne Glasbruchversicherung sollten ihr Glashaus bei →Hagel lieber in den →Keller tragen. Merke: Wer im Glashaus sitzt, sollte sich im Dunkeln umziehen.

Glasscherben
Früher oft benutzter →Dünger, wird heute nicht mehr so gerne ausgebracht, da wiederverwendbar. Durch übereifriges →Düngen Ihrer Vorgänger ist Ihr →Garten voll davon, wie Sie beim →Jäten und beim →Umgraben leidvoll feststellen werden. Ein gutes Beispiel dafür, dass man nicht zu viel düngen sollte.

Goldfische

Hübsche bunte Fische zur Zierde des →Gartenteichs. Wichtiger Faktor beim Züchten von →Algen: Man braucht viel Fischfutter, das die Fische fressen. Nun raten Sie mal, wohin die Fische ihr Geschäft verrichten! Und das düngt dann die Algen. Die im Haus beliebten Silberfische sind entwicklungsgeschichtlich nicht mit den Goldfischen verwandt.

Golf

Für den echten →Gärtner ein indiskutables Spiel, gilt es doch, einen Ball in Löcher (!) im →Rasen zu schlagen. Der Anfänger schlägt eher statt den Ball Löcher in den Rasen. Tieffliegende Golfbälle werden unwiderstehlich von →Gartenteichen und →Glashäusern angezogen.

Grabgabel

Eine Kreuzung aus →Spaten und →Mistgabel, geeignet zum →Umgraben von schwerem →Boden. In Sandboden nur bedingt einsatzfähig. Jedoch durch professionelles Aussehen unverzichtbar zur Komplettierung Ihrer Sammlung von →Gartengeräten.

Gras

Urform des →Rasens. Von unglaublicher Zähigkeit in →Beeten, weswegen es auch gerne zum →Unkraut gezählt wird. Für den →Gärtner weder in punkto Geschmack noch in punkto Aussehen attraktiv. Es hält sich das Gerücht, dass des Nachts heimlich per Flugzeug Grassamen über dem →Garten abgeworfen werden, um den Umsatz diverser Unkrautvernichtungsmittel zu fördern (bisher weder widerlegt noch bewiesen).

Grasfangsack

Anbauteil an Ihren →Rasenmäher. Eines der wichtigsten →Gartengeräte, erspart es Ihnen doch das mühsame Zusammenrechen des gemähten →Grases. An einem Grasfangsack, der nicht alle zehn Meter ausgeleert werden muss, wird zurzeit noch intensiv geforscht.

Grillparty

Abart der →Gartenparty, in deren Verlauf rohes Fleisch in verkohltes Fleisch verwandelt wird (dieses Ritual ist auch als Grillen bekannt). Unerfahrene Köche werden bereits beim Anzünden des →Gartengrills mit →Benzin gegrillt. Die Stärke des Feuers ist variabel: Zu schwach, wenn die Gäste hungrig sind, und zu stark, wenn das Fleisch sehr dünn ist. Merke: Der →Wind weht einem immer den Rauch ins Gesicht. Wechselt man den Sitzplatz, wechselt auch die Windrichtung. Bisher hat die Wissenschaft noch keine Erklärung dafür gefunden, dass der Wind den Rauch auch zwei Personen ins Gesicht weht, die auf entgegengesetzten Seiten des Feuers stehen. Sollten Sie einmal zu einer Grillparty eingeladen werden, essen Sie vorher reichlich und nehmen Sie sich etwas Verpflegung mit. Auch auf warme, rauchdichte, waschbare, feuerfeste Kleidung ist zu achten – hier haben sich Taucheranzüge bewährt. Verständnislose Blicke der anderen Partybesucher sollten Sie souverän ignorieren. Spätestens, wenn das obligatorische →Gewitter einsetzt, gilt: Wer zuletzt lacht, lacht am besten.

Gründüngung

Spezielles Verfahren des →Düngens, bei dem zuerst gesät, dann gegossen, gejätet und schließlich umgegraben wird, beschäftigt den →Gärtner also eine ganze Weile. Dient angeblich der →Bodenverbesserung. Im Gegensatz zu anderen Anbaumethoden werden die Pflanzen vor dem →Umgraben nicht geerntet, sondern mit eingegraben. Daher sollten Sie sich die zur Gründüngung bestimmten →Beete genau einprägen, damit Sie nicht versehentlich Ihren →Salat zum Düngen verwenden. Oder das Blumenbeet Ihrer Ehefrau (was für Sie zwei bis drei Nächte Exil im Gartenhaus bedeuten könnte ...)

Grünspargel

Proletarische Version des bei Feinschmecker zu Recht so beliebten Spargels. Ist leichter zu kultivieren und leichter zu ernten, macht aber bei der →Gartenparty nichts her und hat sich daher in Ihrem →Garten nicht durchgesetzt.

Grundrechenarten

Man kennt insgesamt vier Grundrechenarten: Das Rechen von →Laub, von →Gras, von →Steinen und von Heckenschnitt.

Gummi

Im →Garten oft verwendetes Material, unentbehrlich für →Gummihandschuhe und →Gummistiefel. Morgens noch elastisch, abends brüchig und spröde. Auch das Stromkabel für Ihren →Elektromäher ist aus Gummi (zumindest außen, es enthält auch noch einen Metallkern, wie Sie beim Drübermähen feststellen konnten). Gummi wird auch überall dort verwendet, wo eine Abdichtung schnell durchlässig werden soll.

Gummihandschuhe

Unterart der →Handschuhe, bestehen zu 50% aus →Gummi und zu 50% aus Löchern. Werden traditionell bei →Gartenarbeiten getragen, bei denen man sich die Hände schmutzig macht (ein vermutlich aus dem Spätmittelalter stammender Brauch, dessen Sinn leider verloren gegangen ist).

Gummistiefel

Unterart der →Gartenschuhe. Werden zwar aus →Gummi gemacht, dehnen sich aber nicht. Das Tragen wird daher etwas unbequem, weil Sie Ihre Gummistiefel eine halbe Nummer zu klein gekauft haben (verwünscht sei der →Gartenkatalog). Gummistiefel sind so gefertigt, dass zwar →Wasser eindringen, aber nicht entweichen kann, Diese Eigenschaft wird »wasserdicht« genannt.

Gurke

Grünes, langes, wässriges →Gemüse. Schmeckt nach gar nichts und wird daher von →Vögeln und →Kindern verschmäht. Lässt sich gut im Gewächshaus anpflanzen. Verwendungsmöglichkeit: Im Gurkensalat, zum →Einmachen in Essig oder aufgrund des geringen Eigengeschmackes auch für die →Vierfruchtmarmelade.

Gusseisen

Nicht auf die leichte Schulter zu nehmendes Konstruktionsmaterial für →Gartenmöbel, sehr dekorativ im Aussehen. Der Vorzug des Gusseisens besteht im hohen Gewicht, das Ihre Gartenmöbel sicher vor Diebstahl schützt. Diesen Vorzug werden Sie aber nicht zu schätzen wissen, wenn die Gartenmöbel im →Frühling aus dem →Geräteschuppen in den →Garten getragen werden müssen. Ihr einziger Trost wird dabei sein, dass der →Herbst noch sechs Monate entfernt ist.

Hacke

→Gartengerät zum Hacken im →Garten. Kann zu vielfältigen Zwecken eingesetzt werden, lungert aber meistens nur im →Geräteschuppen herum. Ist leicht beleidigt und knallt Ihnen zum Ausgleich an den Kopf, wenn Sie im Geräteschuppen was suchen.

Hagebutten

Die →Früchte der Rose. Dermaßen scheußlich sauer, dass sie meist selbst von →Vögeln übriggelassen werden (und das will schon was heißen), außer, Sie wollen sich gerade einen Hagebuttentee daraus bereiten. In der Form des Hagebuttentees (stark verdünnt mit viel, viel Zucker) leidlich genießbar. Außerdem dienen Hagebutten Ihren Kindern als Juckpulver, was Ihre Gäste bei der → Gartenparty leidvoll zu spüren bekommen.

Hagel
Sich gewöhnlich in den letzten Tagen vor der → Ernte einstellendes Naturereignis, das Ihnen die von den anderen → Gartenschädlingen übriggelassenen → Früchte mit hühnereigroßen Eisbrocken kurz und klein schlägt. Sehr gefürchtet bei Besitzern von → Glashäusern, denen eine Glasversicherung zu teuer war.

Halbschatten
Zone im → Garten, in der laut → Gartenbuch die Pflanzen angebaut werden sollen, die weder pralle → Sonne noch vollen → Schatten vertragen. Eine Besichtigung Ihres Gartens zeigt Ihnen, dass 98% Ihrer Pflanzen im Halbschatten stehen müssten, dagegen nur 2% Ihres Gartens halbschattig sind.

Handschuhe
Ursprünglich zum Schutz der Hände bei Arbeiten mit gefährlichen Pflanzen wie → Rosen oder → Brombeeren entwickelt. Heute erhältliche Modelle bestehen aus rissigem Leder oder hauchdünnem → Gummi, das noch verletzlicher als Ihre Haut ist, dafür aber vollständig luftdicht, wie Sie nach kurzem Tragen bemerken können. Zum Glück enthalten die Handschuhe bald einen hohen Anteil an Löchern.

Hängematte
Typisches → Gartenmöbel, wird gekauft, um dem → Gärtner Platz für sein → Mittagsschläfchen zu bieten. In Ihrem → Garten angekommen, werden Sie feststellen müssen, dass Sie nicht über zwei starke → Bäume verfügen, um die Hängematte aufzuspannen. Sollten Sie es unter Aufbietung aller Tricks dennoch schaffen,

werden Sie feststellen, dass eine Hängematte nicht halb so bequem ist, wie man es sich landläufig so vorstellt. Es ist zum Beispiel ein Kunststück besonderer Art, sich so auf die Hängematte
zu setzen, dass Sie nicht, vom eigenen Schwung getragen, gleich
wieder auf der anderen Seite herunterfallen. Langes Liegen in der
Hängematte quittiert Ihr Rücken mit einem heimtückischen Ziehen, das einige Tage anhält.

Harke

Dem →Rechen verwandtes →Gartengerät zum →Harken von
→Erde. Leidet oft unter chronischem Zinkenausfall. Gibt Ihnen
daher in neuerer Zeit Anlass zu Überlegungen, sich demnächst
im →Gartenfachmarkt eine neue, motorbetriebene Harke (was es
nicht alles gibt!) zu kaufen. Dann könnten Sie Ihrem →Nachbarn
endlich mal zeigen, was eine Harke ist.

Harken

Das Auflockern von →Erde in →Beeten mit Hilfe einer →Harke.
Ist ziemlich mühsam und wird daher ziemlich selten durch-
geführt, was Sie aber nicht bedachten, als Sie sich vorhin im
→Gartenfachmarkt eine motorbetriebene Harke kauften.

Hasen

Possierliche →Gartenschädlinge, fressen für Ihr Leben gerne
→Mohrrüben, →Kohl und →Salat. Oft in der Nacht aktiv. Wenn
Sie des Morgens Ihren →Garten ratzekahl geplündert vorfinden,
sollten Sie zum Ausgleich mal Hasenbraten auf den Speisezettel
setzen.

Hecke

Ansammlung von →Büschen, meist zur Markierung der Garten-
grenze. Man unterscheidet Hecken, die regelmäßig geschnitten
werden müssen (mäßig beliebt), von Hecken, die nicht geschnitten werden müssen (unmäßig beliebt). Als Sichtschutz sind
Hecken unerlässlich, wenn Sie in Ihrem →Garten FKK betreiben
wollen. Außerdem versperren Hecken Ihnen den Blick auf den
Garten Ihres →Nachbarn, wodurch Sie nicht dauernd mit anse-
hen müssen, wie ordentlich ein Garten sein kann. Hecken sind
auch nützlich, um Ihren →Gartenzaun vom jährlichen Anstrich
zu schützen (aus den Augen, aus dem Sinn – ein Merksatz, den
man bei der →Gartenarbeit immer beherzigen sollte).

Heckenschere

Der →Gartenschere sehr ähnliches →Gartengerät, zum Schneiden von →Hecken bestimmt. Ist größer als die Gartenschere und
dementsprechend auch schwerer zu bewegen. In den letzten
Jahren immer mehr durch die elektrische Heckenschere ver-
drängt, die das Schneiden der Hecken doch sehr erleichtert.
Wahrscheinlich haben Sie auch schon über die Anschaffung einer
elektrischen Heckenschere nachgedacht, seit Ihr →Nachbar mit
seiner neuen elektrischen Heckenschere jetzt demonstrativ drei-
mal wöchentlich seine Hecke schneidet.

Herbst

Zeit der →Ernte im →Garten. Lässt Hoffnung auf eine Unterbrechung der →Gartenarbeit im nahenden →Winter aufkommen.
Wichtigste Arbeiten im Herbst: →Laub zusammenrechen, Ernten, Laub zusammenrechen, →Rasenmähen, Laub zusammenrechen, →Komposthaufen umsetzen, Laub zusammenrechen,
→Umgraben, Laub zusammenrechen, →Gartenmöbel in den
→Geräteschuppen tragen, Laub zusammenrechen und Laub zusammenrechen. Weil im Herbst die Tage langsam kürzer werden,
ist ein höheres Arbeitstempo nötig.

Himbeeren

Den →Brombeeren sehr ähnliche Gartenstauden. Hauptunterscheidungsmerkmal ist die Größe der Dornen, die bei den Himbeeren viel kleiner und daher auch schwerer aus dem Finger zu ziehen sind. Die Himbeeren haben keinen ausgeprägten Eigengeschmack, weswegen sie von den →Vögeln oft links liegen gelassen werden, solange es noch →Erdbeeren gibt. Daher können genug Himbeeren für die →Vierfruchtmarmelade geerntet werden.

Hochstamm

Kulturform für Rosen, →Johannisbeeren, Stachelbeeren und dergleichen mehr, bei der sich eine weit ausladende Krone auf einem zarten, fingerdicken Stämmchen breitmacht. Muss zeitlebens an einen dicken Stützpfahl angebunden werden. Kluge →Gärtner nehmen hierfür ganz schwache Schnur und pflanzen nach dem nächsten →Sturm gescheite →Büsche.

Hollywoodschaukel

Kaum ein anderes →Gartenmöbel vermittelt Ihnen auf so weltgewandte Art einen Hauch von Luxus im →Garten. Sie könnten stundenlang auf der Schaukel liegen und ein →Mittagsschläfchen halten, wenn die Schaukel nicht so hinterhältig quietschen würde. Außerdem wird die Hollywoodschaukel recht bald von den weißlichen Hinterlassenschaften diverser Vögel verunziert, was vor dem geplanten Schläfchen stundenlanges Scheuern verspricht. Der →Regen verwandelt Ihre schöne neue Hollywoodschaukel recht bald in eine rostige alte Hollywoodschaukel, weswegen Sie sie tunlichst unter eine →Pergola oder eine →Markise stellen sollten.

Holz

1. Im →Garten universell einsetzbares Baumaterial. Wird gerne zum Bau einer →Gartenbank, einer →Gartenlaube oder eines →Gartenzauns genutzt. Vom Bau eines →Gartengrills aus Holz ist jedoch abzuraten. Muss durch einen Schutzanstrich vor der Verrottung geschützt werden, ansonsten nur wenige Monate stabil. Vorsicht vor »schnelltrocknenden« Anstrichen: Sie werden sich noch jahrelang Ihre Kleidung mit Farbflecken beschmutzen. 2. Im Garten universell anfallendes Abfallmaterial. meist in Form von →Ästen und →Zweigen. Völlig verrottungsfest, hält sich im →Komposthaufen jahrelang frisch. 3. Für einige Arten von →Gartengeräten verwendetes Material, das sich durch stark variable Festigkeiten auszeichnet: Die Kontaktstelle zum Metall des Gartengerätes ist entweder biegsam oder spröde und bricht sehr leicht, die Kontaktstelle zur Scheibe Ihres →Geräteschuppens oder zu Ihrem Kopf ist stahlhart.

Holzwurm

→Gartenschädling, der sich ausschließlich von →Holz ernährt, und zwar von den unter 1. und 3. aufgeführten Holzsorten. Führt bei →Gartenpartys und →Kaffeekränzchen durch zu kräftiges Bohren in →Gartenmöbeln zu heiteren Zwischenfällen.

Hornspäne

Tütenweise abgeschnittene Fingernägel von Rindviechern und anderen Schweinereien. Ist zu gar nichts mehr nütze und wird daher folgerichtig als →Dünger im →Garten verwendet. (Siehe auch →Igitt!)

Hügelbeet

Neueste Entwicklung, um Ihren überquellenden →Komposthaufen zu entlasten. Heben Sie einfach in einem →Beet ein 120 auf 300 Zentimeter messendes Loch von 40 Zentimetern Tiefe aus und werfen Sie all das hinein, was auf Ihrem →Komposthaufen keinen Platz mehr findet, ganz besonders →Äste, →Zweige und →Laub. Wenn Sie so einen anderthalb Meter hohen Haufen zusammen haben, decken Sie das Ganze mit der →Erde vom Ausheben zu, wundern Sie sich, dass die Erdschicht nur drei Zentimeter dick ist, so dass die ganzen Äste herausgucken und vergessen Sie das Ganze. Innerhalb weniger Jahre wird der Haufen in sich zusammensacken, und nach etwa dreißig bis vierzig Jahren ist das Zeugs so verrottet, dass Sie das Hügelbeet wieder umgraben können. Zur Tarnung können Sie etwas →Gemüse draufpflanzen, damit Sie der Anblick des Erdhügels nicht so stört. Beliebt sind hier →Gurken und →Kürbisse, die schnell einen grünen Mantel des Vergessens über das Hügelbeet decken.

Hunde

Überaus beliebtes Gartengetier. Verbringen einen Gutteil des Tages damit, hinter Ihrer →Katze herzujagen. Vergraben gerne Knochen in Ihrem →Rasen und Ihrer →Beeten, wodurch sie einen wertvollen Beitrag zum →Düngen Ihres →Gartens beitragen. Helfen so auch beim Auflockern des →Bodens. Auf →Grillpartys sehr gefürchtet, erbetteln dort jede Menge Essbares, das sie im Garten gleichmäßig verteilen. Stehen im Verdacht, sich Fleisch direkt vom →Gartengrill zu schnappen, allerdings nicht im Fluge, was sie vom →Aasgeier unterscheidet.

Hundertjähriger Kalender

Altes, überliefertes Regelwerk von frommen Sprüchen, um das →Wetter vorauszusagen. Weil die Sprüche schon so alt sind, werden sie in 𝔉𝔯𝔞𝔨𝔱𝔲𝔯𝔰𝔠𝔥𝔯𝔦𝔣𝔱 geschrieben und gesprochen. Manchmal von überraschender Genauigkeit (Beispiel: 𝔚𝔢𝔫𝔫'𝔰 𝔞𝔪 𝔡𝔯𝔦𝔱𝔱𝔢𝔫 𝔍𝔲𝔩𝔦 𝔰𝔠𝔥𝔫𝔢𝔦𝔱, 𝔦𝔰𝔱 𝔡𝔢𝔯 𝔳𝔦𝔢𝔯𝔱𝔢 𝔫𝔦𝔠𝔥𝔱 𝔪𝔢𝔥𝔯 𝔴𝔢𝔦𝔱). An Treffsicherheit der Wettervorhersage daher deutlich überlegen. Für den →Gärtner oftmals Grund, sich vor wichtigen Arbeiten zu drücken, zumal es für jeden Tag Sprüche für jedes beliebige Wetter gibt.

Idiot

Ihr erster Gedanke, wenn Ihr →Nachbar Ihnen mal wieder erklärt, warum sein →Rasen trotz weniger Arbeit besser aussieht als der Ihrige.

Igel

Im →Garten herumstreunendes Tier. Ernährt sich von →Fallobst und muss daher zu den →Gartenschädlingen gerechnet werden. Nach übereinstimmenden Erfahrungen kein Streicheltier.

Igitt

1. Ausruf der Gäste auf Ihrer →Gartenparty, wenn sie im dort servierten →Salat eine →Schnecke finden. Als versierter Gastgeber sollten Sie diesen dann souverän als Schneckensalat bezeichnen (einige kleine Unwahrheiten über Herkunft und Preis der Schnecke machen das Ganze glaubwürdiger). 2. Ausruf Ihres →Nachbarn, wenn er entdeckt, was Ihre →Katze in seinem frisch eingesätem →Beet hinterlassen hat. Gibt Ihnen die Möglichkeit, ihm klarzumachen, dass er auf dem Gebiet des →Düngens noch nicht im vollbiologischen Zeitalter angelangt ist. 3. Erzieherische Maßnahme, um Ihren →Kindern klarzumachen, dass man →Erdbeeren nach der →Ernte von der daran haftenden →Erde zu befreien hat, bevor man sie Papa serviert, was aber nicht unter Verwendung von →Wasser aus dem →Gartenteich geschehen sollte.

Jäten

Das Entfernen von →Unkraut aus dem →Garten. Geht in der Praxis meist so vor sich, dass Sie sich missmutig an ein →Beet setzen und dann das Los entscheiden lassen, welche Pflanze es nun trifft. Besonders bei jungen Pflanzen ist die Fehlerquote hoch, da sich junge Pflanzen und junges Unkraut gemein ähnlich sehen (gelobt sei die →Gärtnerei, die stets für Nachschub sorgt). Der Bundesgartenminister warnt: Zu eifriges Jäten lässt Ihren →Komposthaufen überquellen!

Jauche

Beliebige Pflanzenreste mit Wasser übergießen und zwei Wochen nicht umrühren: So wird Jauche hergestellt. Einsetzbar zum

Düngen, zur Bekämpfung von →Blattläusen und zur Bekämpfung von →Unkraut. Ein Erfolg der Jauchegabe stellt sich auch rasch ein: Ihnen vergeht der Appetit. Siehe auch: →Igitt!

Johannisbeeren

Im →Garten stets in großen Mengen anfallendes →Obst, klein und voll mit →Kernen. Man unterscheidet zwei Sorten: Schwarze Johannisbeeren (Vorsicht, sauer) und Rote Johannisbeeren (Vorsicht, sehr sauer). Bitte bei Schwarzen Johannisbeeren aufpassen: Die sind noch grün, wenn sie rot sind. Die Verwendungsmöglichkeiten für Johannisbeeren sind vielfältig: →Vierfruchtmarmelade (→Igitt), Johannisbeerkuchen (Vorsicht, sauer) oder →Komposthaufen.

Kaffeekränzchen

Tageszeitlich frühere Variante der →Gartenparty, es wird jedoch nicht gegrillt. Oftmals werden Obstkuchen aus selbstgezogenem →Obst gereicht. Das Kaffeekränzchen findet meistens dann statt, wenn Sie gerade Zeit haben, den →Rasen zu mähen, auf dem die →Gartenmöbel stehen, auf denen die Teilnehmer des Kaffeekränzchens gerade sitzen.

Kaninchen

Typisches Gartengetier, wird das ganze Jahr über mit →Löwenzahn, →Mohrrüben und →Kohl gefüttert, um dann vor Weihnachten doch nicht in den Kochtopf zu wandern, »weil sich die Kinder ja so an das Tier gewöhnt haben«.

Kantenstechen

Altes, aus der Steinzeit überliefertes Ritual, bei dem mit Hilfe einer →Richtschnur und eines →Spatens die Grenze zwischen →Rasen und →Beet schnurgerade abgestochen wird. Angeblich soll eine gerade Rasenkante die Naturgewalten versöhnlich stimmen. Bisher konnten Sie noch keinen sicheren Effekt erkennen, zumal gerade ein schweres →Gewitter mit →Hagel Ihr →Glashaus perforiert hat. Aber wer weiß, was passiert wäre, wenn Sie auf das Kantenstechen verzichtet hätten!

Kartoffeln

Beliebtes →Gemüse, jedoch nur gekocht genießbar. Die Größe des unterirdischen, genießbaren Teils ist bei großen Pflanzen indirekt, bei kleinen Pflanzen direkt proportional zum oberirdischen Teil.

Kartoffelfeuer

Traditionelles Ritual nach der →Ernte der →Kartoffeln. Das Kartoffelkraut wird verbrannt, was eine Menge Rauch ergibt. Gleichzeitig wird versucht, die Kartoffeln im Feuer zu grillen, was noch mehr Rauch ergibt. Derart gegrillte Kartoffeln sind delikat, besonders die Stellen zwischen dem rohen und dem verbrannten Anteil.

Kater

1. Unbedingt für die Vermehrung von →Katzen erforderlich. Ist größer, kräftiger, schlauer und wilder als eine Katze. Richtet daher im →Garten auch mehr Schaden an.
2. Sich bei Ihnen nach dem Genuss von zu viel selbstgemachtem →Obstwein einstellende Beeinträchtigung des Wohlbefindens. Gegenmittel: In Essig eingelegte →Gurken.

Katzen

Des →Gärtners liebstes Kleingetier. Stellen die Versorgung mit →Mäusen und →Wühlmäusen sicher. Sorgen dafür, dass Ihr

→Hund stets genügend Bewegung hat, halten auch die →Vögel in der Luft. Ernähren sich hauptsächlich von →Fischen, knabbern aber auch gerne mal an allen Ihren Pflanzen herum. Sollte Ihre Katze auf Ihr frischeingesätes →Beet stoßen, verrichtet sie dort Unaussprechliches. Lieblingsruheplatz: Ein herrlich blühendes Blumenbeet.

Kaulquappe

In Massen im →Gartenteich wimmelndes Tier, ziemlich harmlos. Wurde von Ihren →Kindern in einem naturnahen Teich gefangen und in Ihren →Garten gebracht. Hätten Sie im Naturkundeunterricht besser aufgepasst, hätten Sie dies rechtzeitig unterbinden können. Der →Sommer gibt Ihnen Gelegenheit, zu beobachten, was für Tiere eigentlich aus Kaulquappen werden.

Keller

Räumlichkeiten unter Ihrem Haus, dienen zur Lagerung von Eingemachtem und zur Aufbewahrung der →Gartengeräte, die in Ihrem →Geräteschuppen keinen Platz mehr finden.

Kern

Dem →Stein bei →Steinobst entsprechendes Äquivalent bei →Kernobst. Ist zum Glück wesentlich weicher als dieser, dafür aber in größerer Anzahl vorhanden. Von einem zähen Kerngehäuse umgeben, dessen einziger Zweck es ist, beim Essen zwischen den Zähnen hängenzubleiben.

Kernobst

→Obst mit →Kernen. Vorsicht: Nicht alles kernhaltige Obst ist auch Kernobst. Beliebte Vertreter sind →Apfel, →Birne und →Quitte. Sollten Sie sich nicht so ganz sicher sein, was Kernobst ist und was nicht, sollten Sie Ihrem →Nachbarn gegenüber den Begriff Kernobst besser gar nicht erst erwähnen, denn er weiß das garantiert besser als Sie und erklärt es Ihnen auch so, dass Sie merken, dass er es besser weiß.

Kieselstein

Kleiner, runder →Stein, stammt aus dem →Beton Ihres →Gartenwegs. Macht sich erst bemerkbar, wenn Sie ihn mit dem →Rasenmäher überfahren (was der Kieselstein besser als der Rasenmäher verträgt). Ist Ihren →Kindern bei der Auseinandersetzung mit →Gartenleuchten sehr nützlich, Die einzige Methode, Kieselsteine im →Rasen zu finden, ist, barfuß darüberzulaufen (Vorsicht, mitunter schmerzhaft: →Aua).

Kinder

Ganz klar zu den →Gartenschädlingen gerechnete Spezies. Ernähren sich von →Obst und →Blumen und zertrampeln, was sie nicht essen können. Helfen auch bei der Verteilung von →Sand im →Garten. Mit herkömmlichen Schädlingsbekämpfungsmitteln nicht recht auszurotten, weil oftmals zu goldig. Im späteren Alter im Garten nützlich, und sei es auch nur, um Ihrem →Nachbarn die Annehmlichkeiten Ihres neuen →Schwimmbades so richtig vor Augen zu führen.

Kindergarten

Schutzeinrichtung für den →Garten. Sind Ihre →Kinder im Kindergarten, können sie Ihren Garten nicht verwüsten. Leider gibt es keinen Kindergarten, der vierundzwanzig Stunden täglich geöffnet hat.

Kinderrutsche

Gartenspielzeug für Ihre →Kinder. Ruiniert Ihren →Rasen genauso gut und sicher wie eine →Schaukel. Wenn Sie sich auch mal draufwagen sollten: Sorgen Sie vorher für ausreichenden Sichtschutz zu Ihrem Nachbarn hin.

Kirschen

Gehören zum →Steinobst. Man unterscheidet 1. die Süßkirschen, die sehr süß und sehr wurmhaltig sind, von 2. den Sauerkirschen oder Schattenmorellen, die weniger süß und weniger wurmhaltig sind. Die Erntearbeit wird Ihnen gerne von den →Vögeln abgenommen. Eventuelle Reste werden zu Kirschkuchen, Kirschkompott oder →Vierfruchtmarmelade verarbeitet.

Klappstuhl

Spezialfall eines →Gartenmöbels, hat seinen Namen daher, dass weder beim Aufstellen noch beim Draufsitzen alles so klappt, wie Sie es gerne hätten. Ist zusammenfaltbar und daher – laut Verkaufsprospekt – platzsparend bei der Unterbringung. Das Auf- und Zuklappen des Stuhls ist in der Praxis so kompliziert, dass der Klappstuhl rasch auf Dauer im →Geräteschuppen bleibt, wo er mehr Platz beansprucht, als er eigentlich dürfte.

Klee

Wird gerne zu den →Unkräutern gerechnet. Wächst im →Rasen und auf →Beeten und auch sonst überall im →Garten. Hält Sie stundenlang von der Arbeit ab, weil Sie ein vierblättriges Kleeblatt suchen, das bekanntlich Glück bringt.

Kletterrose

Schöne, stark blühende Abart der Rose. Durch verschiedene →Gartenschädlinge gefährdet (besonders Ehefrau und Kinder). Der Name ist übrigens irreführend: Die Kletterrose klettert nicht, sondern muss mühsam hochgebunden werden. Dabei werden Sie sich wünschen, →Handschuhe aus →Gusseisen zu haben.

Kohl

Im Aussehen sehr verschiedenes, im Geschmack irgendwie ähnliches →Gemüse. Wird in vielen bunten Farben angebaut: Rotkohl, Weißkohl, Grünkohl. Wird in manchen Gegenden auch Kraut genannt: Rotkraut, Weißkraut, Grünkraut. Für den Ziergarten geeignet sind der Blumenkohl und der Rosenkohl.

Koi

→Goldfische mit vier- bis fünfstelligem Preisschild. Geschmacklich allerdings keinen Deut besser.

Kompost

Das, was Ihr →Nachbar aus seinem →Komposthaufen holt. Da Sie sich scheuen, das stinkende Zeug aus Ihrem Komposthaufen in Ihrem →Garten zu verteilen, können Sie auch fertigen Kompost in →Gartenfachmärkten kaufen. Dabei lernen Sie, wie wertvoll Kompost für den Garten ist.

Kompostbeschleuniger

In der Rezeptur geheime Zusammensetzung verschiedener Chemikalien, um die Verrottung von Gartenabfällen auf dem →Komposthaufen zu beschleunigen. Handelsübliche Präparate ermöglichen in nur 28 Tagen die Verrottungsarbeit, die sonst ganze vier Wochen benötigt. Noch wirksamere Produkte fallen allerdings unter das →Kriegswaffenkontrollgesetz.

Komposthaufen

Oft als »Spardose des Gärtners« bezeichnet. Und zwar deshalb, weil er viel Zeit gespart hätte, wenn er die Gartenabfälle auf den Müll geworfen hätte. Am Komposthaufen können Sie zusehen, wie sich frische zerkleinerte Garten- und Küchenabfälle in stinkende zerkleinerte Garten- und Küchenabfälle verwandeln. Gleichzeitig können Sie die erstaunliche Verrottungsfestigkeit von Obstbaum- und Tannenzweigen testen. Beim alljährlichen Umsetzen des Komposthaufens erweist sich dieser als erstaunliche Fundgrube verrosteter Messer, verrosteter Löffel und verrosteter Gartenscheren. Der früher oftmals verwendete Zusatz von Steinen und Glasscherben zum Kompostiergut hat sich als unnütz erwiesen und sollte nach Möglichkeit unterbleiben. Zur Entsorgung Ihres →Kompostes wenden Sie sich bitte an das für Ihren Wohnort zuständige Amt für Sondermüllentsorgung und Altlasten. Noch ein Tipp: Den Komposthaufen sollten Sie möglichst weit von den Stellen aufsetzen, an denen Sie sich normalerweise aufhalten. Am besten ärgern Sie Ihren →Nachbarn damit.

Konfitüre

Andere Bezeichnung für →Marmelade, klingt aber etwas besser. Konfitüre sollte größere Fruchtstücke als Marmelade enthalten, was aber in der Praxis keiner bemerkt. Auch wird Konfitüre in schönere Gläser abgefüllt als Marmelade, daher gerne auch als Mitbringsel bei →Gartenpartys verwendet.

Kopfsalat

Leibspeise der →Schnecken. Pflanze, die im Idealfall schöne knackige, fest geschlossene Köpfe bildet. In der Praxis jedoch meist welk, lappig und beim geringsten Anlass sofort in die Höhe schießend. Wichtige Zutat zum →Salat. Die besten Exemplare findet man auf dem →Wochenmarkt.

Korb

1. Kleines Transportgefäß, zum Beispiel für →Laub, →Kompost oder →Steine. In der Praxis meist mit irgendwelchen Dingen gefüllt, was ihn vor allzu häufigem Einsatz schützt.
2. Mehr oder minder höfliche Absage auf die Einladung zu einer →Gartenparty.

Kriegswaffenkontrollgesetz

Das Kriegswaffenkontrollgesetz (KrWaffKontrG) ist ein Gesetz, das vorschreibt, ab welcher Gefahrenstufe →Gartengeräte und →Rasendünger nicht mehr einfach mit in den Urlaub genommen werden dürfen, sondern am Flughafen beim Zoll angemeldet werden müssen. Es regelt nebenbei auch den Gebrauch von →Gartenschläuchen mit Spritzpistolen am Nachbarzaun, ebenso den gärtnerischen Einsatz von Radios mit Volksmusik. Übrigens: Gartengeräte, die auf Raupenketten fahren, unterliegen nicht dem Kriegswaffenkontrollgesetz, wenn sie in lustigen, freundlichen Farben gestrichen sind. Das gilt auch für an ihnen angebrachte Maschinengewehre.

Krokus

Wieder so ein teuflischer Frühlingsblüher, wächst schon unangenehm früh im →Rasen und in →Blumenbeeten. Hat hübsche gelbe, weiße oder violette Blüten und liefert Ihnen eine gute Ausrede, das →Rasenmähen um einige Wochen aufzuschieben, »weil der Rasen ja noch voller Krokusse ist.«

Kürbisse

Sich durch besondere Größe auszeichnendes Gartengewächs. Die Zuordnung zu →Obst oder →Gemüse ist noch unsicher. Weil keiner gerne Kürbisse isst, wandert ein Großteil der Ernte in die →Vierfruchtmarmelade. Wenn Sie Ihre Familie mal mit einer nicht alltäglichen Leckerei verwöhnen wollen, hier noch ein Tipp: Besonders lecker ist die Kürbiskonfitüre mit ganzen Früchten.

Laub

Wichtigstes Produkt von →Bäumen und →Sträuchern. Fällt im →Herbst von denselben. Wird vom →Wind komplett in Ihren Garten geweht. Zum Aufsammeln des Laubes wird ein →Rechen verwendet. Allerdings ist aufgesammeltes Laub genauso unnütz wie frei herumliegendes.

Laubfrosch

Lautester Bewohner des →Gartenteiches. Wird oftmals in der irrigen Absicht angeschafft, er ernähre sich ausschließlich von →Laub. Zerstört die romantische Stimmung auf der →Gartenparty durch sein blödes Gequake.

Lehm

Zum Abdichten des →Gartenteiches vorzüglich geeignetes Material. Als →Boden ungeeignet, da auf ihm nichts wachsen will. Außerdem scheußlich zäh beim →Umgraben. Klebt an Ihren →Gartenschuhen so fest, dass er erst im Wohnzimmer abfällt. Enthält Ihr →Garten viel Lehm, benötigen Sie zur →Bodenverbesserung nur eine →Planierraupe und einige Lastwagen voll →Sand.

Leiter

→Gartengerät, das Ihnen zu mehr Größe verhelfen soll. Wird benötigt zur Ernte von →Steinobst und zum →Schnitt von →Bäumen. In der Praxis oftmals etwas wackelig. Sehr sperrig in der Aufbewahrung, füllt einen Gutteil Ihres →Geräteschuppens.

Licht

Im →Garten recht wichtiges Utensil, kann →Dünger teilweise ersetzen. Kommt am Tag von der →Sonne, am Abend aus den →Gartenleuchten. Aber nicht vergessen: Wo Licht ist, da ist auch →Schatten.

Liegestuhl

→Gartenmöbel, das im →Gartenkatalog noch sehr bequem aussah. Faltet sich ähnlich wie ein →Klappstuhl zusammen, sobald Sie sich drauflegen. Fügt Ihnen beim Aufstellen hässliche Quetschwunden zu, weswegen die Anschaffung eines →Verbandkastens zu empfehlen ist.

Löwenzahn

Mittelding zwischen →Gemüse und →Unkraut. Als Gemüse klein, furchtbar bitter und stark harntreibend, als →Saatgut sehr teuer. Als Unkraut außerordentlich robust, resistent gegen alle Arten von →Unkrautvernichtungsmittel (außer →Dynamit), vermehrt sich sehr stark. Kinder pflücken gerne den Samenstand (die Strategie überhaupt, werden doch unschuldige Kinder missbraucht. Eine Unterbrechung der Verbreitungskette ist somit unmöglich) und verteilen die →Samen über den ganzen →Garten, worauf sofort neue Pflanzen aufschießen (außer im Gemüsegarten, wenn Sie gerne Löwenzahnsalat essen).

Mai

Auch als Wonnemonat bekannt. Im Mai soll der Aufenthalt im →Garten besonders angenehm sein (leider nicht für Sie, steht doch im Mai eine Menge an →Gartenarbeit ins Haus). Außerdem wichtige Zutat für die Maibowle.

Maikäfer

In letzter Zeit selten gewordenes Krabbeltier. Die Larven leben im →Boden Ihres → Gartens, wo sie sich von Ihren Wurzeln ernähren. Nach dem Schlüpfen fressen die Maikäfer von den →Blättern Ihrer →Bäume. Wesentlich harmloser sind Maikäfer aus Schokolade.

Markise

Stoffdach, das Ihre →Terrasse vor →Sonne und →Regen schützen soll. Ist aber selbst nicht gegen →Sturm geschützt. Die grellbunten Farben, die Markisen anfangs meist haben, machen nach einigen Monaten in der prallen Sonne recht bald einem zarten Pastellblassgrau Platz.

Marmelade

Dauerform von →Obst, das zum Zwecke der Konservierung zu farblosem, geschmacklosem Mus zerkocht wird. →Steinobst muss vorher entkernt werden. Das Rätsel, warum die Marmelade Ihres →Nachbars besser aussieht und besser schmeckt als Ihre eigene, ist noch nicht vollends aufgeklärt. Zur Vermeidung langer Diskussionen am Frühstückstisch, welches Obst denn nun verwendet wurde, sollten Sie Ihre Marmeladen deutlich und unverwechselbar mit der Obstsorte beschriften. Marmelade, die aus mehr als einer Obstsorte zusammengekocht wurde, wird als →Vierfruchtmarmelade bezeichnet.

Maulwurf

Meist unter der →Erde agierender →Gartenschädling, soll sich angeblich von Insekten ernähren (was aber bisher unbewiesen ist, da seine Gänge zu klein sind, um ihm an die Stätte seiner Untaten zu folgen). Gibt Ihrem →Rasen ein typisch rustikales Aussehen. Die besten Mittel, um einen Maulwurf aus Ihrem

Garten zu vertreiben, sind in der Reihenfolge der Wirksamkeit: 1. →Dynamit, 2. Dynamit und 3. Dynamit.

Mäuse

Harmlose, niedliche Gartenbewohner, die pro Tag leicht das Hundertfache ihres Eigengewichtes an leckeren Gartenfrüchten fressen können. Um unauffälliger agieren zu können, sind sie meistens nachts aktiv, wobei ihnen ihre mausgraue Tarnfarbe zu Hilfe kommt. Mäuse verschmähen übrigens Früchte zweiter Wahl, weshalb sie auch zur Qualitätskontrolle eingesetzt werden können. Ihre →Katzen stellen sicher, dass Sie jederzeit genügend frische Mäuse zur Verfügung haben (ein beliebter Scherz dieser possierlichen Schnurrtiger bei Grillpartys).

Messeneuheit

Auf →Gartenmessen angebotenes, meist buntlackiertes →Gartengerät, dessen Verwendungszweck zwar vom Verkäufer angepriesen wird, Ihnen aber beim Testen verborgen bleibt. Sehr beliebt, weil Sie damit Ihrem →Nachbarn zeigen können, wie rückständig er eigentlich ist. Messeneuheiten sind außerdem unentbehrlich zum Füllen Ihres →Geräteschuppens. In jüngster Zeit geht der Trend bei Messeneuheiten mehr in Richtung High-Tech (bei entsprechendem High-Preis).

Mikroorganismen

Ihr Boden ist voll von Mikroorganismen, erst recht Ihr teuer eingekaufter →Mutterboden. Welche, das wollen Sie lieber nicht wissen. Wirklich. Siehe auch: →Igitt!

Mirabellen

Unterart des →Steinobstes, gelb, von angenehmem Geschmack. Enthält daher auch eine Menge →Würmer (oder haben Sie schon einmal Würmer in →Kartoffeln gefunden?). Muss vor der Verarbeitung zu Kuchen oder →Vierfruchtmarmelade entsteint werden.

Mischkultur

Alte, jetzt wiederentdeckte Art, →Beete mit verschiedenem Zeugs zu bepflanzen. Soll den Ertrag der Pflanzen durch sich gegenseitig fördernde Einflüsse verbessern. Funktioniert in der Praxis meist nicht, da die größeren Pflanzen den kleineren das →Licht wegnehmen. Eine bewährte Mischkultur ist der gleichzeitige Anbau von Möhren, Karotten und Mohrrüben. Auch die Mischkultur von Möhren und →Wühlmäusen hat sich bewährt. In Ihrem →Garten scheinen Versuche mit einer Mischkultur von →Gemüse und →Unkraut erste Erfolge zu zeigen: Der Ertrag an Unkraut hat bereits deutlich zugenommen.

Mist

1. Häufig gebrauchtes Schimpfwort.
2. Reichlich unappetitlicher →Dünger. Angeblich erzielt Ihr →Nachbar durch →Düngen mit Mist phantastische →Ernten in seinem →Garten. Bisher konnten Sie sich aber noch nicht dazu durchringen, es ihm gleichzutun, da Sie das etwas spezielle Aroma dieser Substanz beim letzten →Kaffeekränzchen sehr beeinträchtigt hat.

Mistgabel

Im →Garten unentbehrliches →Gartengerät. Wieso es unentbehrlich ist, weiß aber niemand, da keiner mit →Mist düngt. Zum Umsetzen des →Komposthaufens brauchbar. Auch geeignet, um die →Kinder Ihres →Nachbarn aus Ihrem Garten zu vertreiben.

Mittagsschlaf

Nur Leute, die noch nie einen eigenen →Garten hatten, träumen davon, einen Mittagsschlaf im eigenen Garten zu halten. In der Praxis wird man – kaum, dass man sich einen bequemen, sichtgeschützten Liegeplatz gesucht hat – beim Einschlafen von mannigfaltigen Geräuschen unterbrochen, nicht zuletzt durch die Arbeitsanweisungen der geliebten Ehefrau.

Mohrrüben
Auch als Karotten bezeichnetes →Gemüse. Der orangefarbene
Teil ist ernährungswissenschaftlich wertvoller als der grüne. Roh
und gekocht genießbar, zu 100 % biologisch abbaubar, daher
auch für den →Komposthaufen geeignet. Die besten Qualitäten
wachsen in Dosen.

Monatserdbeeren
Spezielle Sorte →Erdbeeren, die jeden Monat blühen, aber dafür
das ganze Jahr keine →Früchte tragen, was die →Ernte sehr
erleichtert. Sollten versehentlich doch einmal Erdbeeren erscheinen, sind diese klein, hart und wenig aromatisch.

Moos
Kleine, unscheinbare Pflanzen, werden zum →Unkraut gerech-
net. Wachsen überall dort, wo es ihnen (aber nicht Ihnen) passt.
Praktisch nicht bekämpfbar. Bei →Regen sehr glitschig auf
→Gartenwegen.

Motorsäge
Motorisierte Form der Säge. Erlaubt Ihnen, in unglaublich
kurzer Zeit, Ihren gesamten Baumbestand kurz und klein zu
sägen (wenn sie anspringt). Nachdem Sie Ihren Garten so abge-
holzt haben, werden Sie die Motorsäge für einige Jahre in Ihren
→Geräteschuppen stellen können. Um solches Rabaukentum zu
erschweren, sind benzingetriebene Motorsägen mit einer Siche-
rung ausgerüstet, die ein Anspringen des Motors nur an einem
von zehn Tagen erlaubt.

Mutterboden
Wie Sie bei der Neuanlage Ihres →Gartens leidvoll feststellen
mussten, ist →Boden nicht gleich Boden. Der Boden, der den
Garten bei einer Neuanlage bedeckt, ist nie und nimmer und in
keinem Fall Mutterboden. Daher muss Mutterboden immer von
irgendwo anders herangefahren werden, am besten gleich etliche

Lastwagen voll. Angeblich geht das ganze Getue um Mutterboden auf einen Spaß unter Fuhrunternehmern (datiert auf das Jahr 1650) zurück.

Nachbar

Bewohner des →Gartens neben Ihrem Garten. Er hat nicht nur weniger Arbeit mit seinem Garten, sondern bei der →Ernte auch noch die größeren Erträge. Er macht sich zudem damit unbeliebt, dass er alles besser weiß, und ganz besonders dadurch, dass er dann auch Recht hat. Abgesehen davon ist Ihr Nachbar ein netter Kerl, mit dem man ruhig mal ein Bierchen trinken kann, wenn Ihre Ehefrau und seine Ehefrau außer Reichweite sind. Sollte die Bevormundung durch den Nachbarn überhand nehmen, können Sie ihn mit einer →Gartenparty ärgern. Oder Sie laden ihn dazu ein und bewirten ihn mit »Selbstgezogenem« (beim Einkauf auf den Ursprung der Waren achten: Auch ein sehr leichtgläubiger Nachbar wird Ihnen die selbstgezogenen →Bananen aus dem eigenen Garten nicht abnehmen).

Nadelbäume

Beliebter als →Laubbäume, weil das alljährliche Zusammen-rechen des →Laubes entfällt (außer bei Lärchen, die deswegen auch keinen Einzug in den Garten gefunden haben). Nadelbäume bieten als immergrüne →Hecke einen idealen Sichtschutz, der Schmutz, Lärm und auch →Nachbarn abhält. Zumindest in den ersten drei Jahren, bevor die Hecke untenherum verkahlt. Die Nadeln der Nadelbäume tragen Ihren Namen zu Recht. Daher ist das Schneiden der Nadelbäume auch noch mit →Handschuhen sehr unangenehm, weswegen Sie Nadelbäume doch nicht als immergrüne Hecke anpflanzen sollten.

Nagelschere

Wird Ihnen vom →Nachbarn als bestes Mittel zum →Rasen-mähen empfohlen, weil nur so eine kontrollierte Länge aller Grashalme bei exaktem Schnittrand zu erreichen ist (womit er zweifellos Recht hat). Sie sollten ihn sorgfältig beobachten, um festzustellen, ob er seine Nagelschere auch tatsächlich verwen-det. Bieten Sie ihm eventuell Ihren →Zollstock dazu an.

Nähmaschine

Hat mit dem →Garten nichts zu tun. Steht hier nur drin, weil ich wissen will, ob Sie dieses Buch wirklich lesen, oder ob Sie nur so tun. Für den Fall, dass Sie mal abgefragt werden sollten, merken Sie sich die Vier.

Naturnah

Beschönigende Bezeichnung für einen besonders unkraut-haltigen →Garten. In letzter Zeit ein zunehmender Trend, wird von bequemen →Gärtnern bevorzugt. Ein anderes, auch beschö-nigendes Wort dafür ist »pflegeleicht«. Ihr →Nachbar würde übrigens nie einen naturnahen Garten anlegen.

Narzissen

Schon unangenehm früh im →Frühling blühende →Blumen von hübschem gelbem Aussehen. Narzissenzwiebeln schmecken übrigens nicht halb so gut, wie es die Blüten versprechen. Am besten, Sie füttern Ihre →Wühlmäuse damit.

Nussbaum

Großer, langsam wachsender →Baum, der kein →Obst, sondern Nüsse trägt. Der Nussbaum in Ihrem →Garten trägt die kleinsten Nüsse, die Sie je gesehen haben. Sie zeichnen sich zum Ausgleich durch einen besonders hohen Gehalt an Bitterstoffen aus.

Obst

Das Gegenteil von →Gemüse, zeichnet sich durch einen etwas süßeren Geschmack aus. Wird sehr gerne von →Kindern und →Vögeln geerntet. In reifem Zustand von roter Farbe (außer Blaubeeren, die noch grün sind, wenn sie rot sind).

Obstbaum

→Baum zur Erzeugung von →Obst, muss jedes Frühjahr geschnitten werden (Ausnahme: →Steinobst). Obstbäume im eigenen →Garten tragen übrigens wesentlich weniger Früchte als die Obstbäume in →Nachbars Garten, was wohl auf den guten Appetit Ihrer Kinder zurückzuführen ist.

Obstessig

Entsteht, wenn bei der Herstellung von →Obstwein einige fundamentale Grundsätze missachtet werden. Steht entweder dekorativ in teuren Flaschen herum oder dient zum Ungenießbarmachen von →Salat. Erste Freilandversuche zum Abtöten von →Blattläusen sind vielversprechend verlaufen.

Obstschnaps

Haltbare Form des →Obstes, zugleich sehr platzsparend in der Unterbringung. Der Ansatz des Obstschnapses ist noch relativ einfach. Die Destillation erfordert neben teuren Ausrüstung auch einige Erfahrung im Umgang mit explosiven Flüssigkeiten. Der Anfänger sollte seine ersten Versuche auf einer offenen Fläche machen, zum Beispiel auf einem gesperrten Truppenübungsplatz oder in einem Munitionssprengungsbunker. Zeitsparender ist es, den »Selbstgebrannten« im →Gartenfachmarkt zu kaufen (Ihr →Nachbar macht das ja auch!)

Obstwein

Völlig andere Methode, um überschüssiges →Obst zu verderben. In der Herstellung sehr geheimnisvoll, mitunter gärend bis explosiv. Obstwein wird am besten in Flaschen mit der Aufschrift »Gift« gelagert (was nach Ansicht etlicher Lebensmittelchemiker durchaus gerechtfertigt ist).

Palme

Angeberpflanze, die Sie in Erinnerung an den letzten Mallorcaurlaub im →Gartenfachmarkt kauften und unvorsichtigerweise im Garten einpflanzten. Wird Ihnen im nächsten Winter die juristische Dehnbarkeit des Wortes »frostfest« vor Augen führen.

Pampasgras

Importierte, heimtückische Zierpflanze mit sehr, sehr scharfen Schnittkanten. Sieht völlig harmlos aus, schneidet aber sogar Stahldraht durch. Muss jeden →Herbst sorgfältig zusammengebunden (Vorsicht!) werden. Dabei ruinieren Sie sich mit Sicherheit Ihre schönen neuen →Handschuhe.

Partygeschirr

Geschirr, das auf →Gartenpartys zum Einsatz kommt. Besteht entweder aus sehr sprödem Kristallglas, das beim Hinsehen schon zerspringt, oder aus hauchfeiner Pappe, die sich beim ersten Kontakt mit Speisen oder Getränken auflöst. Letzteres Material kann, ersteres sollte nicht auf dem →Komposthaufen entsorgt werden.

Pergola

Aus →Holz gefertigte Überdachung der →Terrasse. Hält lediglich →Sonne fern, nicht jedoch →Regen, →Schnee oder →Hagel. Gibt Ihnen die Gelegenheit, noch mehr →Gartengeräte zu kaufen und unterzustellen. Außerdem können Sie an den Stützen →Kletterrosen hochbinden, was eine gute Ausrede liefert, sich vor dem Streichen des Holzes zu drücken.

Petersilie

Typisch schmeckendes Suppengewürz. Kann auch in rohem Zustand gegessen werden, weswegen stets wenig Petersilie im →Garten vorhanden ist. Praktisch ist die ganzjährige Erntezeit, unpraktisch die halbjährige Auskeimzeit.

Pfefferminze

Kulturpflanze von sehr angenehmem Geschmack. Wird daher gerne von Ihren →Katzen gefressen. Oder von den Katzen Ihres →Nachbarn. Aus den Resten (der Pflanzen, nicht der Katzen!) können Sie sich den beliebten Pfefferminztee brühen.

Pfirsiche

Überaus beliebtes →Steinobst, das im eigenen →Garten jedoch enttäuschend klein, sauer und mehlig wird. Erfahrene →Gärtner importieren daher direkt aus Italien und binden die Pfirsiche nachts heimlich an die →Bäume (Vorsicht: Auf die richtige Baumart achten, auch ein kurzsichtiger →Nachbar bemerkt Pfirsiche an →Tannen.).

Pflaumen

Dem →Steinobst zugehörige Früchte, die sich durch ganz besonders hohen Wurmgehalt auszeichnen. Sehr dekorative blaue Farbe. Wichtiger Bestandteil des Pflaumenkuchens, des Pflaumenkompotts und der Backpflaume. Der Stein ist sehr hart und deshalb nicht essbar.

Pikieren

Fachausdruck für die Trennung von Pflanze und Wurzel bei Pflanzen, die man zu dicht eingesät hat oder deren Samen von den →Vögeln verschmäht wurde.

Pilze

Man unterscheidet 1. giftige und unerwünschte Pilze, die in Ihrem →Garten massenhaft aufschießen (bringen Sie Ihre →Kinder in Sicherheit) von 2. wohlschmeckenden Speisepilzen, deren Kultur so frustrierend und unergiebig ist, dass man bereitwillig zu den unter 1. aufgeführten Exemplaren greift.

Planierraupe

Ein zur Neuanlage eines →Gartens nützliches Gerät, besonders wenn es darum geht, etliche Lastwagenladungen voll →Mutterboden zu verteilen. Später dann zum Ausheben von →Gartenteichen und →Schwimmbecken oder zum →Schneeräumen zu gebrauchen. Trotzdem noch nicht zu den absolut notwendigen →Gartengeräten gehörend. Durch den relativ hohen Anschaffungspreis nur dann zu empfehlen, wenn sich Ihr →Nachbar durch nichts sonst beeindrucken lässt. Sehr dekorativ wirken gelbe Exemplare.

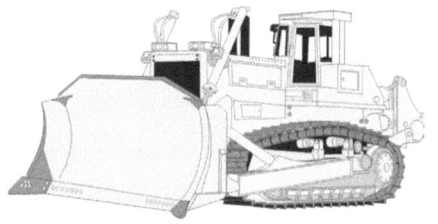

Planschbecken

Miniaturausgabe des →Swimming-Pools, auch für den kleineren Geldbeutel geeignet. Kopfsprünge ins Planschbecken sehen unprofessionell aus, weswegen man diese nach Möglichkeit unterlassen sollte. Wenn Sie an einem heißen Tag im Planschbecken Erfrischung suchen wollen, sollten Sie Ihre →Kinder einsperren und das Becken an einen Platz im →Garten stellen, an dem Sie vor den spöttischen Blicken Ihres →Nachbarn geschützt sind.

Primeln

Vom →Gärtner sehr gefürchtete Pflanze, zeigt sie ihm doch durch ihr Blühen das unerbittliche Herannahen des →Frühlings und damit den alljährlichen Beginn der →Gartenarbeit. Ähnlich schlimme Gewächse sind →Schneeglöckchen und →Krokusse. Am besten sollten Sie daher keine Primeln in Ihren →Garten setzen.

Pusteblume

Heimtückische Vermehrungsform von →Löwenzahn, bedient sich des Windes und der kleinen Kinder. Mein Erlebnis mit meinem älteren Töchterchen: »Schau mal, Papa, wie schön die Schirmchen fliegen! Und überall werden neue Pusteblumen wachsen!« Wie recht sie doch hatte!

Quaufel

Ein Druckfehler. Eigentlich müsste dieses Wort »Schaufel« heißen und ganz woanders stehen. Leider wurde dieser Fehler erst nach Drucklegung bemerkt, als es für eine Korrektur schon zu spät war. Außerdem werden die Artikel unter »Q« in Lexika sowieso meist überlesen.

Quitte

Völlig nutzloses →Obst, das hier nur abgehandelt wird, damit unter »Q« auch was steht. Steinhart und nur in gekochtem Zustand essbar (Vorsicht!). Riecht ganz angenehm, daher früher zur Duftverbesserung in den Wäscheschrank gelegt.

Rasen

Das Waterloo des Gärtners. In →Gartenzeitschriften und bei Ihrem →Nachbarn findet man satte, schimmernde, tiefgrüne, ebenmäßige Grasflächen, bei denen ein Halm wie der andere steht. In Ihrem Garten findet man unebene, gelbe Wiesenareale mit →Unkräutern, →Kieselsteinen und kahlen Stellen.

Rasendünger

Spezieller →Dünger, der den →Rasen zu stärkerem Wachstum anregen soll. Eins der wenigen Produkte aus dem →Gartenfachmarkt, das auch wirklich funktioniert (leider). Im Rasen befindliches →Unkraut wird allerdings auch zu stärkerem Wachstum angeregt. Der routinierte →Gärtner düngt seinen Rasen mit →Unkrautvernichtungsmittel, um sich das →Rasenmähen zu erleichtern.

Rasenmähen

Das Kürzen des →Rasens, in der Regel mit viel Arbeit verbunden. Man bediene sich dazu eines →Benzinmähers (Vorsicht, Gefahr!) oder eines →Elektromähers (Vorsicht, Gefahr!). Entwicklungsgeschichtlich ältere Geräte zum Rasenmähen sind die Sense (zu gefährlich) und die Sichel (zu gefährlich). Perfektionisten bedienen sich der →Nagelschere und des Zollstocks (zu mühsam). In der Praxis wird das Rasenmähen durch die Nässe und die Länge des Grases, ebenso durch Maulwurfshaufen und →Gartenzwerge behindert. Noch ungeklärt ist die Frage, wie oft das Rasenmähen vorgenommen werden muss. Bewährt haben sich Mähfrequenzen zwischen zweimal täglich (natürlich wieder Ihr →Nachbar) und einmal pro Saison (Ihr Ziel, aber Ihre Ehefrau ist anderer Ansicht).

Rasensprenger

Gerät zur Bewässerung des →Rasens. Gleichzeitig wird der →Gärtner bewässert. Sparausführung: →Gartenschlauch plus Daumen des Gärtners. Im →Gartenfachhandel sind auch sehr technische Versionen erhältlich, die mit ihren Wasserstrahlen eine ganze Horde Springbrunnen imitieren können. Von diesen ist jedoch abzuraten, da die Lebensdauer eines Rasensprengers im Quadrat der Summe seiner beweglichen Teile abnimmt. Zudem kann Ihr löcheriger alter Gartenschlauch niemals den immensen Wasserdruck halten, der zum Betrieb dieser Wunderdinger nötig ist. In der Praxis hat es sich bewährt, den Rasen erst nach dem →Rasenmähen zu bewässern, da nasses Gras den →Rasenmäher verstopft (spielt bei →Regen jedoch keine Rolle). An heißen Tagen sorgt die Höhe der Wasserrechnung für erfrischende Abkühlung.

Ratatouille
Französisches Gemüsegericht aus all den Gemüsen, die in so kleinen Mengen geerntet werden, dass es für eine Portion nicht reicht. Also quasi das Pendant zu →Vierfruchtmarmelade.

Raupe
Vorform des Schmetterlings und einer der gefräßigsten →Gartenschädlinge überhaupt. Frisst alles, was grün ist (außer →Gießkannen). Auch eine beliebte Zutat zum →Salat.

Rechen

Elementar wichtiges →Gartengerät zum Zusammenrechen von Zeugs, aber noch viel wichtiger zur Aufführung von Slapstickeinlagen auf →Gartenpartys.

Regentanz

Heidnische Kulthandlung, besteht im Herumhüpfen und im Ausstoßen schrecklicher Wörter, um den Regengöttern Angst einzujagen. Ziel ist das Herbeizaubern von →Regen. Erfolg bei Trockenheit deutlich eingeschränkt, bei →Gewitter deutlich besser. Wird vom →Gärtner auch dann aufgeführt, wenn er sich beim Arbeiten mit der →Mistgabel versehentlich in den Fuß gestochen hat. Boshafte Leute führen einen Regentanz auf, wenn ihr →Nachbar eine →Gartenparty veranstaltet, zu der sie nicht eingeladen sind.

Regentonne

Sinnreiche Vorrichtung zum Speichern von →Regenwasser. Im →Sommer zu leer, im →Winter zu voll. Nach erfolgter Sprengung durch den →Frost im Frühjahr dann auch wieder zu leer.

Regenwasser

Bekanntlich das beste Wasser zum Blumengießen. Leider trotz →Regentonne immer zu knapp. Kann durch das viel teurere Leitungswasser ersetzt werden.

Regenwurm

Der beste Freund des →Gärtners (außer beim Umgraben). Er lockert den →Boden auf, vernichtet abgestorbene →Blätter und geht mit zum Angeln.

Richtschnur

Ein aus zwei Holzpflöcken und einer Schnur bestehendes →Gartengerät. Wird benutzt, um →Beete oder Rasenkanten sauber abzugrenzen. Gebräuchliche Ausführungen sind »knotig«, »zu kurz« und »zerrissen«.

Rindenmulch

Wird aus Baumrinde gewonnen, riecht sehr angenehm und wird auf →Beete oder →Gartenwege geworfen, um das →Unkraut dort zu ersticken. Eröffnet der holzverarbeitenden Industrie die Möglichkeit, aus Dreck Geld zu machen. In der Praxis freut sich das Unkraut auch am schönen Geruch des Rindenmulchs und denkt gar nicht ans Ersticken.

Robotermäher

Erleichtert laut Fernsehwerbung das Rasenmähen erheblich. Zuerst muss allerdings mühsam ein Begrenzungskabel verlegt werden, damit sich das Ungetüm nicht unverhofft Ihre →Rosen einverleibt, dann wird der Mäher aufgeladen und losgelassen in der Hoffnung, er würde den Rasen so fleißig und gleichmäßig wie in der Fernsehwerbung mähen. Aber – Hand aufs Herz: Haben Sie sich nicht auch schon gefragt, was der Mäher in Ihrem →Garten macht, wenn Sie nicht auf ihn aufpassen? Liegt er am Ende faul im Liegestuhl oder planscht im →Swimming-Pool? Sie sollten ihn besser mal öfter unangemeldet kontrollieren!

Rosendünger

Spezialdünger aus dem →Gartenfachmarkt. Ursprünglich durch einen Druckfehler in einer Kartonfabrik entstanden, wurde er jedoch in Gärtnerkreisen rasch sehr begehrt (Ihr →Nachbar hat angeblich tolle Erfolge damit erzielt). Unterscheidet sich vom →Rasendünger nicht nur durch das »o«, wie gehässige Zungen immer behaupten, sondern auch durch den mehrfach höheren Preis. Auch zum →Düngen von Rosenkohl geeignet.

Rost

Hauptbestandteil von eisenhaltigen →Gartengeräten, die im →Regen oder unter dem →Rasensprenger etwas feucht geworden sind. Hinterlässt auf →Beton braunrote Flecken, die leicht mit der →Spitzhacke zu entfernen sind.

Rote Bete

Seltsam schmeckendes →Gemüse, wegen der roten Farbe häufig als Zusatz bei der →Vierfruchtmarmelade verwendet. Ansonsten wegen des penetranten Geschmacks nur in Essig eingelegt genießbar.

Salat

Beliebtes Gericht aus ungekochten Gartenprodukten, wie zum Beispiel →Kopfsalat, →Tomaten, →Sand und →Schnecken. Gerne auf →Gartenpartys gereicht. Zur Zubereitung braucht man vier Personen: Einen Verschwender für das Öl, einen Geizhals für den Essig, einen Weisen für das Salz und einen Verrückten, der dann alles mischt.

Sand

Zum Abdichten des →Gartenteiches ungeeignetes Material. Auch als →Boden ungeeignet, da auf ihm nichts wachsen will, aber erfreulich lose beim →Umgraben. Findet immer einen Weg vom →Garten in den →Salat. Enthält Ihr Garten viel Sand, benötigen Sie zur →Bodenverbesserung nur eine →Planierraupe und einige Lastwagen voll →Lehm.

Sandkasten

Behältnis zum Aufbewahren von →Sand, in dem Ihre Kinder spielen und Ihre →Hunde und →Katzen ihr Geschäft verrichten. In der Praxis meist leer, da die Kinder den Sand innerhalb weniger Tage gleichmäßig auf →Garten und →Terrasse verteilen.

Schatten

Sonnenarme Areale des →Gartens. Dort wächst nichts außer Farn, →Algen und ganz wenigen Sorten →Unkraut. Besonders blöd ist ein →Vorgarten im Schatten.

Schaukel

Sehr beliebtes Spielzeug für Kinder. Steht auf dem Rasen herum und erzeugt ovale Kahlstellen im Rasen, auf denen jahrzehntelang nichts mehr wächst. Sorgt auf →Gartenpartys für Lacher, wenn ein Missverhältnis zwischen Sitzbelastung und Seiltragkraft auftritt.

Schnecken

Gartenschädlinge, die sich von zartem jungem →Gemüse oder zarten jungen →Blumen ernähren. →Unkraut wird zuverlässig verschmäht. Gibt es als Nacktschnecken in zum Terrassenbelag passenden Farben oder aber mit eigenem kleinen Häuschen. Viele →Gärtner schätzen Schnecken über alles und locken sie daher mit Bier von weither in den eigenen Garten.

Schneckenkorn

Eine Fütterung der →Schnecken mit Schneckenkorn ist überflüssig, da Schnecken im →Garten meist alles finden, was sie gerne fressen.

Schnee

Im Winter vom Himmel fallender Niederschlag, der barmherzig alle Ihre Gartensünden zudeckt. Will aber unbarmherzig aus der Garageneinfahrt und von den Gartenwegen weggeschaufelt werden. Zerstört gerne wertvolle Pflanzen. Merke: Je teurer die Pflanze, desto höher die Schneelast auf den Zweigen. Ordinäre →Fichten leiden zum Beispiel nie unter Schneebruch.

Schneeglöckchen

Sehr früher Frühjahrsblüher, kann ignoriert werden, weil die Blüte in die Zeit fällt, in der es noch zu kalt für die Gartenarbeit ist.

Schneeräumen

Im →Winter beliebtes Ritual als Ersatzhandlung für andere Gartenarbeiten. Gerne auf →Gartenwegen und in der →Einfahrt durchgeführt.

Schnellkomposter

Im →Gartenfachmarkt für teures Geld erstandene Vorrichtung, um kompostierbare Abfälle für immer vor der Verrottung zu bewahren. Durch das selektive Ausgrenzen von →Mikroorganismen können gleichzeitig erstaunliche Geruchsnoten erzielt werden.

Schnitt

1. Mit Hilfe einer →Gartenschere macht der →Gärtner dem ganzen Grünzeug klar, wer hier eigentlich der Boss ist. 2. Verletzung, wenn der Gärtner beim Arbeiten mit der Gartenschere seinen Daumen nicht rechtzeitig in Sicherheit bringen konnte.

Schrebergarten

Sonderform des →Gartens, enthält kein Haus, sondern nur eine →Gartenlaube oder einen →Geräteschuppen. Befindet sich oft in einer Kolonie, hat aber nicht mit Kolonialismus zu tun. Der Schrebergarten wird oft intensiver genutzt als der normale Garten, da er kleiner ist.

Schrebergärtner

→Gärtner, der in einem →Schrebergarten arbeitet. Oft von erstaunlichem Fleiß, daher als →Nachbar ungeeignet.

Schredder

Gartengerät zum Zerkleinern von Gartenabfällen. Es gibt verschiedene Bauformen, die für recht unterschiedliches Schneidgut konzipiert sind. In der Regel verstopft der Hartgut-Schredder mit der ersten Ladung von weichem Schnittgut, während das Mahlwerk des Weichgut-Schredders beim ersten Kontakt mit einem strohhalmdünnen →Zweig zu Staub zerfällt. Gelagert werden Schredder gerne oben hinten im →Geräteschuppen.

Schwimmbecken

Auf neudeutsch auch →Swimming-Pool genannt. Weiterentwicklung des →Planschbeckens, bietet einer wesentlich größeren

Menge von →Algen Lebensraum. Von vielen →Gärtner hochge-schätzt, da sich mit zunehmender Größe die Fläche des zu mähenden →Rasens verkleinert. Ist jedoch zum Schwimmen immer noch zu klein und zum Tauchen immer noch zu flach. Die zum Betrieb eines Schwimmbeckens erforderliche Maschinerie erfordert den Bau eines zweiten →Geräteschuppens. Die Betriebskosten sind jedoch vergleichsweise niedrig, kaum mehr als die Kosten einer Familienjahreskarte im Städtischen Schwimmbad (allerdings pro Tag).

Sommer
Jahreszeit mit verflixt langen Tagen, von denen die allzu zahlreichen Abendstunden für die anfallenden Gartenarbeiten genutzt werden. Tagsüber zum →Rasenmähen zu heiß, am Wochenende zum Schwimmen zu verregnet.

Sonne
Im →Garten das genaue Gegenteil von →Schatten. Pflanzen in praller Sonne verdorren innerhalb weniger Stunden (außer Kakteen), ganz egal, wieviel Wasser Sie anschleppen. Das Wasser macht in der Sonne lediglich den →Boden steinhart.

Spaten
Traditionelles →Gartengerät, vorzugsweise fürs →Umgraben. Je nach verwendeter Qualität verbiegt sich entweder das Blatt, oder der Holzstiel bricht durch. Gute Exemplare sind teuflisch schwer und werden durch dranhaftende →Erde rasch noch schwerer.

Spitzhacke
→Gartengerät zum Arbeiten in gefrorenem →Boden, in →Lehm oder in →Beton. Auch unentbehrlich, wenn Sie Boden in praller Sonne versehentlich gewässert haben. Lässt Sie Muskeln spüren, von denen Sie gar nicht wussten, dass Sie sie überhaupt haben. Von führenden Orthopäden deshalb zum »Gartengerät des Jahres« gewählt.

Stein
Sammelbegriff für Materialien, die zum Zerbeißen zu hart sind. Findet sich im →Boden, in Mauern und im →Steinobst.

Stinktier
Possierliches, aber nicht geruchsneutrales Tierchen, das in unseren Breitengraden weder im →Garten noch in der freien Wildbahn vorkommt. Ich hatte aber ein so niedliches Bild, dass ich diesen Eintrag unbedingt aufnehmen wollte.

Strauch
Genaueres Wort für →Busch. Wird aus dem →Garten gerne herausgeklaut (man spricht dann von Strauchdieben).

Swimming-Pool
Vornehmere Aussprache des Wortes →Schwimmbecken.

Swimsuit
Vornehmere Aussprache des Wortes Badeanzug. Während man im Schwimmbecken eher einen Badeanzug trägt, ist für den Swimming-Pool zwingend ein Swimsuit erforderlich. Es sei denn, man ist ein Mann: Dann trägt man eine Badehose.

Tabak
Zum Rauchen brauchbare Pflanze, die – o Wunder – auch in unseren →Gärten wächst. Selbstgezogener Tabak, selbstgetrocknet, hat schon mehr →Gärtner zum Aufgeben des Rauchens gebracht als alle Gesundheitskampagnen der letzten zwanzig Jahre.

Tanne
Vornehmere Version der →Fichte. Ist aber genauso stachelig.

Tiefkühltruhe
Gerät zum Aufbewahren von →Obst und →Gemüse von der →Ernte der letzten drei Jahre. Weiterentwicklung der →Gefriertruhe, erreicht tiefere Temperaturen, kostet dafür aber etwas mehr. Zur optimalen Raumausnutzung sollten Sie nach Einlegen des Gefriergutes kleine Früchte wie →Kirschen oder →Johannisbeeren lose einfüllen und die Tiefkühltruhe dann gut schütteln, damit auch die kleinsten Zwischenräume genutzt werden können. Die Leerung der Tiefkühltruhe sollte einmal alle fünf Jahre erfolgen, das Gefriergut kommt wie von der Gefriertruhe gewohnt auf den →Komposthaufen.

Tomate
Theoretisch ganz einfach zu kultivierendes →Gemüse. Wichtige Zutat für den →Salat (außer für den Obstsalat). In der Praxis oft geschmacksarm mit einer Neigung zu Strauchfäule. Nach der Ernte für fünf bis zehn Minuten lagerfähig, in dieser Zeit verändert sich die Konsistenz rasch von steinhart zu matschig.

86

Tulpe

Aus →Blumenzwiebeln sprießende →Blume, verschönt den Frühling, ist aber sonst zu nichts zu gebrauchen.

Ufo-Kürbis

Lustig aussehendes Gemüse, das gerne hart und faserig wird. Verwendung wie Kürbis, also am besten auf dem →Komposthaufen anbauen und dort zur anschließenden Kompostierung gleich belassen. Zutat für →Ratatouille und →Vierfruchtmarmelade.

Umgraben

Alter Brauch, bei dem die →Erde auf →Beeten mit Hilfe eines Spatens gewendet wird. Ergebnis: Blasen an den Händen, Muskelkater, scheußliche Rückenschmerzen und ein Besuch beim Orthopäden. Sinn des Umgrabens: Jetzt können Sie Ihre →Gartengeräte wie Spaten, Vertikutierer, →Rechen, Schaufel und →Richtschnur nach Herzenslust dreckig machen.

Unkraut

Sammelbegriff für alle Pflanzen, die von alleine besser wachsen als das, was Sie gesät oder gepflanzt haben. Unkraut wächst schnell, vermehrt sich schnell, braucht keinen →Dünger und ist zu rein gar nichts nütze. Unkraut könnte die perfekte Gartenpflanze sein, wächst es in Ihrem Garten doch reichlich. Leider wächst bei Ihrem →Nachbarn alles besser als bei Ihnen, bloß nicht Unkraut. Da bleibt nur eins: →Jäten. Und noch eins: →Umgraben. Und wenn das nicht hilft, immer noch eins: →Gift.

Unkrautvernichtungsmittel

Natürlich im →Gartenfachmarkt erhältliches Mittel, das hemmend auf das Wachstum bestimmter Pflanzenarten wirkt, zum Beispiel →Obst, →Gemüse oder →Rasen. Wirkt allerdings wesentlich schwächer auf →Unkraut. Dient zum Beispiel zum Erleichtern des →Rasenmähens: Der Rasen wächst kaum noch, Sie müssen nur das Unkraut abmähen (nicht geeignet für Rasen mit starkem Unkrautbefall).

Verbandkasten

In täglichem Gebrauch. Wenn er nicht leer ist, dann nur deshalb, weil das Pflaster nicht mehr klebt.

Vertikutieren

Methode zum Belüften eines verfilzten und mit →Moos durchwachsenen →Rasens. Man braucht dazu ein Handvertikutiergerät (und Muskeln wie Arnold Schwarzenegger), alternativ auch einen teuren Vertikutierer mit Elektro- oder Benzinantrieb. Ein Vertikutiervorgang an Ihrem Rasen dauert genau vier Stunden und einundzwanzig Minuten, ruiniert Ihre Krokusse zu einhundert Prozent und hinterlässt 35 Sack Vertikutierabfall, der auf dem →Komposthaufen mindestens acht Jahre nicht verrottet.

Vierfruchtmarmelade

Beim Kochen von →Marmelade hat man meistens nicht genügend →Obst, um einen Topf sortenreine Marmelade zu kochen. Also schmeißt man zwei bis siebenundzwanzig Sorten Obstreste zusammen, was aber weder Geschmack noch Farbe noch Konsistenz des Endproduktes verbessert. Dies funktioniert auch mit →Gemüse, nur nennt man dann das Ergebnis →Ratatouille. Erfahrene Lebensmittelchemiker können anhand der in der Marmelade verbliebenen Kerne die Zusammensetzung erforschen. Falls Sie also Gefahr laufen, dass Ihr Produkt kriminaltechnisch untersucht werden könnte, sollten Sie Gurken und Kürbisse nur in entkerntem Zustand zugeben. Vierfruchtmarmelade zählt zu den haltbarsten Marmeladen überhaupt, weil 98,4% der Verbraucher dann doch lieber trockenes Brot essen.

Vorgarten
Der an der Straße gelegene Teil Ihres →Gartens, wird also von jedem Passanten begutachtet. Hier können Sie mal so richtig zeigen, was Sie können. Leider zeigt nebendran auch Ihr →Nachbar, was er kann. Beliebt ist das Wettrüsten mit →Gartenzwergen oder →Palmen. Der ultimative Tipp für Angeber: Parken Sie Ihre eigene →Planierraupe im Vorgarten und machen Sie allen in Ihrer Straße so auf pädagogische Weise klar, wo der Hammer hängt.

Vögel
Gattung fliegender Tiere, die den →Gärtner durch fröhliches Pfeifen bei der Arbeit unterstützen. Wenn sie nicht gerade die frisch gesäten Gemüsesamen aus dem →Beet picken. Oder die →Kirschen vom Baum klauen. Oder ihr Geschäftchen aufs →Glashaus verrichten. Wie es ja auch in der Bibel steht geschrieben: »Denn sie sähen nicht, aber sie ernten nur ...« Dem ist nichts hinzuzufügen. Lieblingsvögel des Gärtners: Brathähnchen.

Wasser

Im →Garten unverzichtbares Element, weil alle Pflanzen dringend Wasser brauchen – und das viermal am Tag. Verbessert die Wirkung eines →Schwimmbades ungemein. Ergibt in Zusammenarbeit mit →Boden eine ganz schöne Schweinerei.

Whirlpool

Der letzte Schrei in Sachen Protzerei. In jedem gut sortiertem →Gartenfachmarkt angeboten. Verlängert die Badesaison in den →Winter und dank des Energieverbrauchs einer mittleren Kleinstadt Ihre Stromrechnung ins Unermessliche. Lässt Sie leidvoll erfahren, dass laubabwerfende →Hecken im Winter nicht den gleichen Sichtschutz bieten wie im Sommer.

Winter

Verspricht dem →Gärtner endlich Ruhe und Entspannung. Leider wird im Winter mehr Schaden angerichtet als in jeder anderen Jahreszeit, weil der Gärtner dann endlich genug Zeit hat, um alle →Gartenbücher und →Gartenkataloge durchzulesen, gefolgt von tagelangen Planungs- und Bestellorgien.

Wochenmarkt

Oftmals die letzte Rettung für den frustrierten →Gärtner, wenn das eigene →Gemüse klein und das eigene →Obst voller →Würmer ist. Kaufen Sie ruhig ihr »Selbstgezogenes« jeden Samstag auf dem Wochenmarkt, Ihr →Nachbar tut's ja auch.

Wühlmaus

Possierliches kleines Nagetier, das sich von unten an Ihre Pflanzen wühlt und – ohne zu gucken – zwischen Blumen (werden gefressen), Nutzpflanzen (werden auch gefressen) und Unkraut (bleibt übrig) unterscheidet.

Würmer

Kommen im →Garten in zwei Formen vor: Würmer in Sachen, die gegessen werden sollen (→Obst, →Gemüse), und Würmer in Sachen, die nicht gegessen werden sollten, wie →Regenwürmer und →Holzwürmer.

Zollstock

Auch Metermaß genannt. Beim Kauf im →Gartenfachmarkt genau zwei Meter lang, nach dem ersten Gebrauch noch 174 Zentimeter mit gezacktem Ende. Nach dem ersten →Regen recht schwergängig.

Zucchini

Nach nichts Speziellem schmeckendes →Gemüse, das seine Verwandtschaft mit →Kürbis und →Gurken irgendwie nicht verleugnen kann. Kommt entweder in die →Ratatouille oder in die →Vierfruchtmarmelade. Zucchini sind überaus einfach anzubauen, weshalb man sich im Sommer kaum vor geschenkten Zucchini retten kann. Wobei hier eher die riesengroßen, holzigen Exemplare mit den harten Kernen verschenkt werden (die jungen, zarten isst man in der Regel selber). Über die Schreibweise herrscht Unklarheit, auch Zukkini, Zuggini oder Suchini wurden schon gesichtet.

Zwiebel

1. →Gemüse, das auf Gartenpartys für geräuschvolle Einlagen sorgt. Kann gegrillt oder roh im →Salat verzehrt werden. 2. Speicherform von zahlreichen Blumen, wird zum Füttern von →Wühlmäusen gebraucht, siehe auch →Blumenzwiebeln.

Wenn Sie dieses Gartenlexikon aufmerksam durchgelesen haben, sollte es Ihnen keine Mühe machen, folgende **Prüfungsfragen** zu beantworten:

1. Wie viele Obstsorten enthält Vierfruchtmarmelade?
   a. vier
   b. zwischen zwei und siebenundzwanzig
   c. überhaupt keine
   d. weiß ich nicht

2. Womit beeindrucken Sie Ihren Nachbarn?
   a. makelloser Rasen
   b. Planierraupe
   c. selbstgezogenes Gemüse
   d. alle Antworten sind richtig

3. Was fällt Ihnen beim Thema Nähmaschine ein?
   a. Blumen
   b. vier
   c. Gartenlaube
   d. Goldfische

4. Welche Zutat gehört nicht in den Salat?
   a. Kopfsalat
   b. Schnecken
   c. Zwiebeln
   d. Hornspäne

5. Was ist das Hauptproblem an Bäumen?
   a. Laub
   b. mehr Laub
   c. noch mehr Laub
   d. irre viel Laub

Richtige Antworten: 1 b, 2 d, 3 b, 4 d, 5 d (aber nicht spicken!!)

Auswertung:

- Fünf richtige Antworten: Sehr gut, Eins mit Sternchen. Tragen Sie Ihren Namen in nachfolgende Urkunde ein. Ab jetzt haben Sie das Sagen, wenn es um Gartenfragen geht. Ziehen Sie sich einen guten Anzug an, nehmen Sie dieses Buch und gehen Sie ins Rathaus: Man will einen Stadtpark nach Ihnen benennen.
- Vier richtige Antworten: Gut, auch für Sie gibt es eine Urkunde. Und im Gartenfachmarkt bekommen Sie die 200 kg-Säcke mit Rinderdung zum Sonderpreis.
- Drei richtige Antworten: Befriedigend. Geben Sie sich beim nächsten Mal mehr Mühe. Sieht nicht so aus, als würde es eine Urkunde geben. Zur Strafe räumen Sie mal Ihr Gartenhaus auf. Aber tipptopp!
- Zwei richtige Antworten: Sehr dünn. Schämen Sie sich. Wehe, Sie füllen die Urkunde aus! Ab in den Vorgarten, Unkraut stechen.
- Eine richtige Antwort: Arbeiten Sie dieses Buch noch mal sorgfältig durch, machen Sie sich gegebenenfalls Notizen. Nehmen Sie sich eine Nagelschere und bringen Sie Ihren Rasen auf Vordermann: Jeder Halm genau 4,76 cm!
- Keine richtige Antwort: Sie haben gar nichts verstanden. Kaufen Sie sich dieses Buch noch mal (vielleicht sogar besser zweimal, sicher ist sicher) und lesen Sie es Zeile für Zeile. Und für die nächsten zwei Jahre machen Sie für Ihre Ehefrau den Abwasch.

Urkunde

---

hat das Buch »Alles betonieren, grün anstreichen: Heiteres Gartenlexikon« sowohl erfolgreich **gelesen*** als auch **verstanden***.

Er/Sie* gilt ab sofort als ausgewiesener **Experte** in allen Gartenfragen und hat daher in jeder Diskussion in Gartendingen automatisch Recht.

Dies gilt sowohl für Dispute im **Gartenfachmarkt** wie auch für Wortgefechte mit dem **Nachbarn**. Dabei ist es ihm/ihr* auch erlaubt, jederzeit das letzte Wort zu behalten.

Außerdem hat er/sie* das Vorrecht, ihm/ihr* zu hoch erscheinende **Sträucher auf dem Grundstück des Nachbarn** nach Belieben um ein ihm/ihr* genehmes Stück zu kürzen.

*Nichtzutreffendes streichen

Hat Ihnen dieses Buch gefallen? Würden Sie gerne mehr davon lesen?

Das Heimwerkerlexikon aus der Heiteren Lexikon-Reihe »Nimms mit! Humor.« von Torsten Buchheit, besonders interessant für Menschen mit überwiegend linken Händen.

Amüsant und liebevoll ironisch beschreibt der Autor die Widrigkeiten im Leben des Heimwerkers mit humorvollen Erklärungen von Abbeizer über Dynamit, Lufthaken, Marmeladenglas und Wasserrohrbruch bis Zollstock, ergänzt durch schwungvoll gezeichnete Illustrationen.

BoD – Books on Demand, Norderstedt
ISBN: 9783744874960

Mehr Informationen auf der Autorenwebsite:
www.NIMMSmitHUMOR.de